A traição de
Natalie Hargrove

Livros da autora publicados pela Galera Record

Série **Fallen**
Volume 1 – *Fallen*
Volume 2 – *Tormenta*
Volume 3 – *Paixão*
Volume 4 – *Êxtase*

Apaixonados – Histórias de amor de Fallen
Anjos na escuridão

Série **Teardrop**
Volume 1 – *Lágrima*
Volume 2 – *Dilúvio*

A traição de Natalie Hargrove

LAUREN KATE

A traição de Natalie Hargrove

Tradução de
ALDA LIMA

1ª edição

— **Galera** —
RIO DE JANEIRO

2015

CIP-BRASIL. CATALOGAÇÃO NA FONTE
SINDICATO NACIONAL DOS EDITORES DE LIVROS, RJ

K31t   Kate, Lauren
     A traição de Natalie Hargrove / Lauren Kate; tradução Alda Lima.
     - 1ª ed. - Rio de Janeiro: Galera Record, 2015.

     Tradução de: The betrayal of Natalie Hargrove
     ISBN 978-85-01-09230-4

     1. Ficção americana. I. Lima, Alda II. Título.

                                            CDD: 813
14-16751   CDU: 821.111(73)-3

Título original em inglês:
THE BETRAYAL OF NATALIE HARGROVE

Copyright © 2009 Lauren Kate

Publicado originalmente por Delacorte Press, um selo da Random House Children's Books, divisão da Random House LLC, uma Companhia Penguin Random House, Nova York.

Todos os direitos reservados. Proibida a reprodução, no todo ou em parte, através de quaisquer meios. Os direitos morais do autor foram assegurados.

Esta edição foi publicada mediante acordo com a Razorbill, membro da Penguin Young Readers Group, membro da Penguin Group (USA)

Texto revisado segundo o novo Acordo Ortográfico da Língua Portuguesa.

Direitos exclusivos de publicação em língua portuguesa
somente para o Brasil adquiridos pela
EDITORA RECORD LTDA.
Rua Argentina, 171 - Rio de Janeiro, RJ - 20921-380 - Tel.: 2585-2000,
que se reserva a propriedade literária desta tradução.

Impresso no Brasil

ISBN 978-85-01-09230-4

Seja um leitor preferencial Record.
Cadastre-se e receba informações sobre
nossos lançamentos e nossas promoções.

EDITORA AFILIADA

Atendimento e venda direta ao leitor:
mdireto@record.com.br ou (21) 2585-2002.

PARA JASON,
O OUTRO CONSPIRADOR

Prólogo

Era uma vez um tempo no qual você não sabia nada. Você não tinha culpa — era só uma criança. E, crescendo onde você cresceu, a maioria das pessoas diria que foi melhor assim. Quanto mais uma garota sulista de cidade pequena demorasse a entender o lado negativo da vida, melhor para todos.

Naquela época, sua maior preocupação era não ser pega roubando aquela caixinha de chicletes Juicy Fruit da farmácia... ah, e terminar o ensino fundamental com algum resquício de alma.

O perigo era real. Você se lembra de como era a moda? Lembra-se das saias verde-oliva plissadas até a panturrilha? Lembra dos seus monstr... humm, modelos de comportamento? Todos os seus professores eram do tipo roupa-encardida-e-sem-graça, mulher-que-precisa-fazer-o-bigode ou nunca-trepou-na-vida. Você precisou dar tudo de si para não dormir durante a aula, enquanto ano após ano eles ficavam no quadro, despejando toda aquela empolgante cultura inútil sobre o seu estado.

Carolina do Sul, anotou rapidamente. *O oitavo estado a ratificar a Constituição. Terra das palmeiras, da cambaxirra dourada, do jasmim amarelo, da alpinista social melosa—* ah, espere, essa não estava no teste (enfim, pelo menos por enquanto).

Se você era só um pouquinho parecida com Natalie Hargrove, não estava nem aí se tinha passado ou não no teste surpresa da semana. Mas o que não explicam em Dixie é que, um dia desses, algo tão trivial quanto a árvore símbolo do estado da Carolina do Sul pode se transformar num caso de vida ou morte.

1
Algo perverso à vista

Foi a semana mais longa da minha vida. Faltavam dez minutos para o sinal tocar. Eu estava empoleirada do lado de fora da porta do banheiro do segundo ano, exercitando uma das minhas habilidades favoritas. Ah, *bisbilhotar* é uma palavra *tão* feia! Principalmente quando faço com que ela pareça bonita. Admita: o celular no ouvido para disfarçar, a expressão descolada e concentrada em meu rosto — parecia mesmo que eu estava apenas recuperando algumas mensagens particulares que Mike me deixara de madrugada, ou verificando novamente os detalhes pré-festa da soirée de Mardi Gras de Rex Freeman no próximo fim de semana. Não parecia?

Mas quando as coisas em Palmetto High eram o que pareciam ser? Qualquer um que respirasse sabia que as meninas do segundo ano — conhecidas como Bambies — eram os brinquedinhos favoritos dos formandos. Na escola, as poucas de nós sortudas a ponto de terem sido abençoadas com um cérebro já tinham entendido que as sessões matinais de embelezamento das Bambies eram uma oportunidade perfeita para bisbilhotar. Ficar empoleirada no banheiro Bambi era apenas uma forma de se manter a par de tudo.

Através da porta, apesar das trovoadas barulhentas e ameaçadoras em razão da tempestade que se formava lá fora, consegui captar parte da lamentação Bambi.

— Dá para acreditar quanto é injusto um tempo ruim desses?

Em Charleston, fevereiro era especialmente imprevisível. Nuvens negras pairaram no céu a manhã toda, ameaçando desaguar e nos deixar ensopados a qualquer momento.

— É como se Deus quisesse que nosso cabelo ficasse volumoso no jogo hoje à noite — concordou a amiga Bambi. — Ei, quem pegou o meu corretivo?

— Querida — disse lentamente uma terceira Bambi. — Os sinos da igreja ainda estão longe de soar para você já querer ficar se endeusando. Me passa o Citré Shine.

Minha nossa, essas garotas eram um atraso. Se eu quisesse tirar qualquer coisa boa delas (tipo, quem os formandos estavam arregimentando para a aguardada votação da corte de Palmetto, na próxima semana) teria que entrar lá para saber. Fingi desligar meu telefone e dei um sorriso ensaiado para o pessoal polígamo do teatro que passava por mim no corredor. Então entrei furtivamente no banheiro.

Na terra das Bambies, ergui as sobrancelhas, franzi os lábios e adentrei pela nuvem de spray de cabelo com cheiro de laranja para conseguir me aproximar do espelho delas.
— Calouras — falei. — Saiam.

Depois de um coro composto por "Oi, Natalie" e "Desculpe, Natalie", as Bambies calaram a boca e se afastaram do espelho. Toda a conversa sobre nuvens carregadas e frizz capilar parecia ter sido esquecida.

Até Kate Richards, a líder e também a menos censurável do bando, largou seu baby liss e tratou de se retirar. Kate havia ganhado créditos comigo durante o trote, no ano passado, quando um formando lhe entregou uma tesoura e pediu que ela demonstrasse respeito sacrificando seus cachos, que iam até a cintura. Metade da minha turma ainda não tinha aceitado a ousadia dela, que fugiu do próprio trote, mas, pessoalmente, eu tinha de respeitar uma menina com tanta atitude.

Naquela manhã, Kate sabia — assim como as demais — que uma formanda não estaria ali para se embelezar em território Bambi. Com um único movimento, ela empilhou seus estojos de maquiagem na curva do braço e abriu espaço para mim na bancada. Pisquei em agradecimento e ela piscou de volta, jogando seus agora famosos cachos cor de mel por cima de um dos ombros. Casualmente, coloquei minha própria nécessaire de maquiagem na bancada. Olhei para o espelho. Meu cabelo escuro caía sobre os ombros sem esforço, fazendo com que meus olhos castanho-escuros brilhassem. Minha pele era macia e sem marcas. Mas havia uma incômoda e preocupante ruga bem no meio da minha testa. Tomei fôlego e peguei meu curvex.

Com o olho que não estava preso pelo que Mike chamava de aparelho medieval de tortura, conferi o efeito que eu causava no agora silencioso recinto.

— O que houve, meninas? — perguntei, dando as costas para Kate para que ela soubesse que eu não a estava incluindo. — A Nat comeu suas línguas?

Steph Merritt, a loura típica entre as alunas do segundo ano, olhou para os próprios pés e balbuciou:

— Estávamos só falando sobre como gostamos dos seus cartazes para a eleição da corte de Palmetto, Nat.

— Estavam mesmo? — perguntei.

O nariz de tomada de Steph se dilatou em alerta. Geralmente eu respeito uma mentirinha inocente — uma garota precisa sobreviver —, mas o puxa-saquismo falso de Steph tinha sido tão mal feito quanto a descoloração do seu cabelo. Antes de ter anunciado minha presença, aquelas meninas estavam totalmente envolvidas em conversas sobre acne e cabelos rebeldes. Se os caras com quem elas estavam saindo tivessem dito alguma coisa sobre como estavam tentando conseguir seus votos, as Bambies eram provavelmente burras demais para se lembrarem. Sim, elas dormiam com o inimigo, mas com a idade que tinham ficavam com um jogador de futebol americano do último ano atrás do outro.

Eu detestava perder tempo antes do sinal tocar. Quando meu rímel secou, soube que teria de conseguir a informação que queria em outro lugar.

A turma do penúltimo ano certamente não era tão ligada aos formandos quanto as Bambies. As alunas do terceiro ano eram gostosas, mas, para seu próprio bem,

New Age demais. Normalmente andavam pelo pântano da região costeira com caras malvestidos que não eram da cidade e dirigiam trailers entupidos de vaporizadores para tudo que se pode cheirar.

Entretanto, todo mundo sabia que coisas estranhas *aconteciam* no banheiro delas antes da aula. Havia rumores de que a elite da turma previu quando Lanie Dougherty perderia a virgindade — até mesmo a hora — e acertou. E no mês passado, as mesmas alunas foram as primeiras a saberem sobre o humilhante escândalo envolvendo desvio de verbas que fez o diretor Duncan ser demitido e substituído de forma temporária por aquele chato do diretor Glass.

No espelho atrás de mim, Darla Duke continuava tentando espremer uma enorme espinha na testa. Acredite quando eu digo que a Peitões não me irritava só porque seu pai namorava minha mãe. Com sua acne nas costas, o nariz permanentemente manchado e decotes enormes, a garota era mesmo nojenta. Quando me viu olhando para sua espinha semiespremida, minhas sobrancelhas arqueadas tamanho o horror — da mesma maneira que um vegetariano olharia para, vamos dizer, carne de porco —, ela abaixou as mãos.

Abri meu pó compacto Mary Kay e passei delicadamente a esponja cor-de-rosa no nariz.

— Não se preocupe, D — disse eu. — Deve melhorar até hoje à tarde.

As meninas do segundo ano engasgaram. Não era nada educado comentar sobre a espinha de outra garota, nem mesmo na privacidade do banheiro feminino.

Revirei os olhos.

— Quero dizer, o tempo deve melhorar.

Lá fora, ecoavam os trovões. Galhos encharcados de salgueiros batiam nas janelas e as segundanistas gemiam e mexiam nos cabelos em uníssono. Era constrangedor vê-las surtando por causa de algumas frivolidades insignificantes antes de uma simples celebração pré-jogo. Como elas achavam que sobreviveriam por mais dois anos, quando encontrassem motivos de verdade para ficarem estressadas? Suspirei e tirei da minha mochila roxa um tubo de anti-frizz, cortesia da minha mãe. Eu não precisava conquistar os votos dessas meninas, mas era possível atrair a atenção com bons produtos de beleza.

— Prometem que vão dividir? — perguntei às segundanistas, balançando a embalagem no ar.

A Espinha Humana levantou as mãos como se eu estivesse distribuindo ouro.

— Ai, meu Deus, obrigada. — Darla piscou. — Vamos usar só um pouquinho cada.

— Certo — falei, indo em direção à porta. — Não surtem *além* da conta.

— Nat. — A voz profunda de Kate se destacou em meio ao gorjeio das demais. Ela segurou a alça da minha mochila. — Espere.

— Pode falar. — Virei-me, ajeitando a gola da camisa oxford branca dela para que ficasse delicadamente arrumada sob seu cashmere rosa claro.

— Tracy Lampert quer ver você — disse ela, o piercing da língua, que geralmente ninguém da escola via, reluzindo. — No banheiro do terceiro ano — instruiu Kate. — Antes de o sinal tocar.

Humm... Tracy Lampert era a guru das alunas do terceiro ano, como ela mesma se intitulava, e batia ponto no banheiro delas. Alguns até se perguntavam se ela ia mesmo às aulas.

— Que conveniente — soltei, pensando rapidamente em como aquilo era estranho. Eu e Tracy nos dávamos bem, mas não conseguia me lembrar da última vez que procuramos uma pela outra, ao mesmo tempo. — Eu estava a caminho de lá, de qualquer forma — falei, dando de ombros para me despedir das outras Bambies. — Até mais, meninas.

Enquanto subia as escadas em direção ao Recanto Zen de Tracy, fiquei surpresa ao constatar que os corredores tinham sido subitamente tomados por pôsteres das minhas concorrentes na corte do baile de Palmetto. Ao avaliar todos eles, comecei a rir — e não porque convenceram June Rattler a posar para a foto do seu pôster com as bochechas vermelhas e infladas, tocando uma tuba, apesar de ser hilário... e ligeiramente perturbador. Comecei a rir porque, de um jeito estranho, era bom perceber que eu não era a única consumida pelos pensamentos de fazer parte da realeza.

Entenda o quanto a escola Palmetto é obcecada pelo baile: todos os anos, durante um mês, os hippies esquecem suas promessas de diminuir sua emissão de carbono e se sentam ao redor de suas fogueiras, doidões é claro, fazendo tantos pôsteres brilhantes quanto nós. Vagabundos começam a usar cuecas e voltam para a igreja a fim de convencerem os juízes supremos que batem o martelo. Ex-princesas, agora mães, normalmente subornam a escola com doações, tipo uma nova ala na biblioteca, para garantir o legado real dos seus herdeiros. Até mesmo os meninos fazem uma dieta especial de aipo e molho picante para perder alguns quilos antes da sessão de fotos para a campanha. Pois é, os meninos também levam a sério. A não ser, é claro, que estejamos falando do meu namorado. Eu o amo, tá? Amo sim. Mike e eu somos, sem dúvida, o casal com mais chances de dar certo. Só estou dizendo que se todo mundo conseguisse viver se preocupando tão pouco com as coisas quanto Mike... bem, talvez simplesmente não existisse uma campanha para a corte de Palmetto.

E a campanha está apenas no começo! Depois dos votos serem contados e os vencedores anunciados, o reinado do príncipe e da princesa de Palmetto começa. Fazer parte da "realeza" em Palmetto significa se tornar um misto de embaixador da boa vontade e socialite de grande destaque. Resumindo: você chegou lá.

Em comemoração, a escola inteira lhe oferece uma grande festa que dura uma semana. Para começar, a coroação no clube, à qual princesa e príncipe chegam numa reluzente carruagem com cavalos. Depois, o Dia do Jasmim, quando todas as garotas usam o *corsage* com a flor símbolo do estado. Há o famoso vídeo "A caminho de Palmetto", amplamente distribuído e conhecido por ter levado mais do que alguns ex-integrantes da realeza a suas faculdades preferidas da Ivy League. E finalmente, é claro, há o baile.

— Faltam quantos dias para o baile?— A voz de Rex Freeman ecoou pelo corredor. Rex, com seu cabelo ruivo bem raspado e bíceps sempre aparentes sob as mangas enroladas da camisa, era muito mais descontraído do que parecia no momento. Normalmente, ele não passava de um mandão quando se tratava de conseguir o número certo de barris para suas festas. Mas, pela expressão de pânico de seu assistente magrela do segundo ano, Rex estava levando muito a sério seu trabalho de encarregado de campanha dessa vez.

— Você não entendeu? — gritou ele para o menino. — Perguntei quantos dias.

— Humm... quinze — piou o garoto, apoiando as costas em seu armário.

— E quantos pôsteres cada candidato a príncipe pode ter nos corredores faltando quinze dias para o baile? — gritou Rex.

Enquanto o segundanista folheava freneticamente um maço de papéis grampeados, cheio de regras e regulamentos, Rex levantou o olhar e sorriu para mim.

— Acredito que sua quantidade de pôsteres esteja correta, mocinha — brincou ele, usando sua voz de homem da lei caipira da Carolina do Sul e apertando meu ombro de leve.

— Oh, o senhor sabe que eu jogo de acordo com as regras, chefe — devolvi rapidamente, fazendo minha melhor voz de "donzela em apuros" para combinar com o sotaque sulista dele.

— Não posso dizer o mesmo do seu namorado — gemeu Rex, olhando na direção de seus bíceps. — Talvez eu precise me consultar com um curandeiro depois da defesa de Mike.

Suspirei e pus um pedaço de chiclete na boca. Rex e Mike eram próximos desde que, acidentalmente, amarraram o cadarço de um no do outro, no segundo ano do fundamental. Eu estava acostumada a vê-los vadiando por aí. Mas essa semana não era o melhor momento para se machucar de maneira idiota no jogo de futebol americano!

Normalmente, eu gosto do jeito despreocupado-e-ainda-assim-bem-sucedido de Mike em relação ao colégio — ele certamente mexeu comigo. Mas o lugar dele na corte deveria estar tão garantido quanto o meu este ano. E estaria se ele tivesse se esforçado pelo menos um pouquinho — bem, e se Justin Balmer não existisse.

Inclinei-me para a frente para dar um tapinha no regulamento que o lacaio de Rex ainda estava revirando.

— Se eu fosse você, ficaria de olho na contagem dos pôsteres de J.B. — soltei antes de continuar caminhando pelo corredor.

De todos os pôsteres colados às paredes, eu sabia que os de Justin seriam os que me irritariam mais, então prometi a mim mesma que iria evitá-los. Já estava quase chegando ao banheiro do terceiro ano, quando dei de cara com o tal pôster de Justin e congelei.

A foto mostrava Justin bronzeado e sem camisa em um de seus barcos, na marina do pai, perto de Folly Beach. E está bem, confesso, não era uma foto completamente desinteressante. Na verdade, a expressão intensa em seus profundos olhos verdes quase me fez perder o equilíbrio. Quando me aproximei para ver melhor, percebi que conhecia aquele barco. Eu havia passado uma noite nele que parecera não ter fim certa vez quando... bem, quando as coisas eram diferentes.

No pôster estava escrito: *Justin Balmer: há dezoito anos um príncipe.*

Por favor, estava mais para "há dezoito anos uma farsa". Aprendi da pior forma que J.B. vale muito menos do que a soma de suas partes principescas. Seria bem difícil encontrar um impostor pior do que ele. E, em Palmetto, isso significa alguma coisa. Dei uma olhada no pôster, imaginando qual das vagabundas entre as Bambies tinha tirado a foto, e quando.

— Achei que você não idolatrava mais ninguém.

Era Justin, encostado na parede com um sorriso convencido nos lábios e aqueles mesmos olhos verdes do pôster. Ele tinha o mesmo cheiro de sempre: loção pós-barba Kiehl e grama recém-cortada.

Fiz um gesto para o pôster, desinteressada.

— Estava só conferindo se aquilo ali no seu peito era uma sujeira ou uma grande verruga. Você engordou?

— Disfarçou bem, Nat — disse ele, baixinho. — Mas acho que já sabemos tudo sobre as charmosas imperfeições secretas um do outro. — A mão dele encostou de leve nas minhas costas, por dentro do cós do meu jeans.

Empurrei Justin de volta, em direção ao armário, e em seguida conferi rapidamente se havia testemunhas ao redor. Eu não queria que ninguém visse que Justin Balmer estava me dando trabalho. Felizmente, a única pessoa no corredor era Ari Ang, o quatro-olhos. Ele se apressou em sair dali, carregando um béquer cheio de um líquido verde.

— Eu não vi nada — alegou "Anger", como costumávamos chamá-lo, cobrindo os óculos com o béquer. — Só estou a caminho da aula de química... — A voz dele foi sumindo e me virei para encarar Justin.

Um dia, talvez tivéssemos rido de Anger e seu eterno carregar de béqueres. Hoje eu só queria cuspir meu chiclete na cara de J.B., mas controlei a vontade de vomitar e esbocei um sorriso.

— Ohh — piei. — É fofo ver que você ainda acredita que... como foi que você disse? Ah, que suas charmosas imperfeições são secretas. — Repousei deliberadamente meu olhar na virilha dele antes de cuspir o chiclete e arrancar um pedaço do pôster de Justin para embrulhar a goma amarela. — Não se preocupe — continuei —, eu sou um túmulo. Mas se quiser mesmo saber, dê uma olhada no que as Bambies falam no blog sobre você; e talvez assim pare de ficar galinhando. Aquelas meninas são implacáveis. Tchauzinho.

— Nat. — Ele segurou meu pulso com força, me obrigando a olhá-lo nos olhos. — Qual é?

— Qual é o quê?

— Um cara não pode mudar? — perguntou tão baixo que tive de me inclinar para a frente para ouvir.

Fiquei lá parada, sabendo qual era a resposta tanto quanto sabia meu nome: não. Mas eu não ia responder. Finalmente consegui livrar minha mão e me enfiei no banheiro. Fiquei apoiada na porta para recuperar o fôlego, imaginando se Justin ainda estaria do outro lado. E pensava se havia algo que eu pudesse fazer para desconcertá-lo.

— Ei, Tracy — falei, repondo o sorriso em meu rosto quando vi as meninas em seu círculo xamânico.

Tracy Lampert levantou do pufe azul-royal que ficava no canto do banheiro, as longas tranças negras balançando enquanto se encaminhava para me dar um abraço. Normalmente sou a primeira a me irritar com o fato de uma menina em Charleston mal conseguir se afastar um pouco para verificar o correio de voz sem receber um abraço na volta, mas depois do encontro desagradável com Justin no corredor, eu não me incomodaria com um pouquinho de carinho, ainda que vindo da pseudomédium da Lampert.

— Você está bem, Nat? — perguntou Tracy. Apesar de não ser possível ver os olhos dela por trás dos óculos cor de safira que eram sua marca registrada, era quase como se sua voz entregasse que estreitava os olhos para me ver. — Sua aura de energia está bem evidente, o que pode ser bom ou ruim, dependendo de...

— Estou bem — respondi.

Ela arqueou a sobrancelha, mas deixou passar.

— Sente-se — arrulhou ela. — Tome um pouco de chá.

Tracy serviu-me uma caneca fumegante de *chai* de um bule no peitoril da janela, e duas de suas companheiras, Liza Arnold e Portia Stead, sentaram-se no pufe ao lado dela. Portia torceu seu cabelo comprido em um coque louro volumoso e Lisa fechou os olhos como quem estivesse meditando. Segurei uma risada ao pensar que, quando essas meninas fossem veteranas, estariam tão fartas daquela fase que iriam simplesmente rir delas mesmas ao olharem para trás. Mas, por enquanto, eu estava no território delas, então me joguei no último pufe vazio.

— Então... — começou Tracy, dando uma ênfase estranha à palavra. — Como vai a vida?

Ergui a cabeça.

— A vida vai bem — respondi. — Mas por que não conversamos sobre o motivo de vocês terem me chamado aqui?

Liza abriu os olhos, abandonando a meditação. Olhou para seu relógio, depois para Tracy.

— Conte logo. O sinal já vai tocar.

Levantei o queixo.

— Contar o quê?

— Está bem, vou direto ao ponto — disse Tracy. Seu tom de voz mudou, deixando escapar um pouquinho do seu sotaque natural sulista, algo raro, e fazendo com que o *bindi* entre seus olhos parecesse meio ridículo. — Minha cunhada é uma das pessoas que vão apurar os votos para o Baile esse ano, e ela me contou uma coisa sobre Justin Balmer ontem à noite. Agora sei que vocês têm um passado em comum...

Levantei uma das mãos.

— Nós *não temos* um passado...

— Tanto faz — disse Tracy. — É bem óbvio que você e Mike são felizes juntos. Só pensei que você gostaria de saber de uma fofoca que rolou noite passada sobre J. B. na eleição desse ano.

Pude sentir o sangue chegando ao meu rosto. Ainda que a corte da Palmetto High fosse tecnicamente eleita pelos votos dos alunos, todos sabiam que, nos bastidores, a turma reacionária e certinha da diretoria da escola fiscalizava as urnas com olhos de águia para garantir que ninguém "sem moral" terminasse usando a coroa.

Eu devia ter imaginado que J. B. faria alguma coisa para garantir uma vantagem nas urnas. O que ele tinha feito? Subornara os juízes? Não que eu mesma não tivesse pensado nisso...

— Certo, qual das apuradoras enrugadas Justin está comendo?

As outras engasgaram e Tracy cobriu a boca com uma das mãos para segurar uma risada.

— Não, queridinha, você não entendeu. Os juízes não estão falando exatamente bem dele. — Ela prendeu uma das tranças atrás da orelha. — Cá entre nós, alguém está tentando deixá-lo de fora da Corte. Algum desentendimento do último verão... Não sei os detalhes, só quis contar para você porque...

Eu podia respirar novamente. Quase tive vontade de beijar Tracy.

— Porque você sabia que eu estava preocupada com Mike — completei a frase dela.

— Isso mesmo — concordou Tracy. — Não é nada certo, é claro, mas achei que devia isso a você, contar, digo... Seu ar blasé até que engana bem. Mas odeio ver uma garota bonita cultivar rugas prematuras se posso fazer algo para ajudar.

— Justin sabe que tem alguém tentando fazer isso com ele? — perguntei, tentando relaxar a testa sem que ficasse muito óbvio.

Mas, antes que Tracy pudesse responder, um estrondo apocalíptico retumbou lá fora. Todas as meninas se amontoaram ao redor da janela para dar uma olhada.

— Ai, meu Deus! — gritou Liza, olhando para o que rapidamente estava se transformando em um dilúvio. — Deixamos os cartazes no estacionamento. É pintura a têmpera. Vão ficar manchados!

Imediatamente elas se mobilizaram. Acho que nem sempre os hippies estavam em paz com o tempo. Elas corriam para guardar seus óleos de massagem dentro das bolsas de cânhamo e salvar seus cartazes de incentivo do mau tempo.

A caminho da porta, Tracy pôs a mão sobre o meu ombro.

— J. B. não sabe de nada — disse ela. — Talvez seja melhor deixarmos assim... entende?

Em seguida ela e as amigas dispersaram, levando sua própria tempestade para fora. O único sinal de vida no banheiro vazio era o vai e vem da porta que levava ao corredor — o vai e vem da porta que tinha o rosto de J. B. grudado nela.

Um cara não pode mudar?

A pergunta ainda soava em meus ouvidos. Mas eu já havia ouvido aquilo muitas vezes antes. Então fiquei parada diante do pôster meio rasgado e passei a mão sobre o rosto de Justin, do jeito que fazem nos filmes quando precisam fechar os olhos de um morto.

Depois de verificar se o corredor estava vazio, arranquei o cartaz da porta, dobrei ao meio cuidadosamente e joguei na lata de lixo reciclável da sala do primeiro ano. Eu ainda não estava assim tão longe dos tempos de caloura para me esquecer de como se faz um vodu.

2

O quanto vale a minha língua

— Meu dia foi péssimo — comentei naquela noite quando tirei a mochila roxa do ombro para deixá-la na bancada das janelas francesas do quarto de Mike.

Ele estava parado na porta, torcendo o uniforme de futebol americano, encharcado pela chuva, mas, quando comecei a tirar meu jeans — devagar o suficiente para me exibir um pouco —, pude ver pelo reflexo na janela que passou a se interessar rapidinho.

— Defina *péssimo* — disse ele, dando um passo em minha direção. Com exceção da luz suave que vinha do abajur e da difusa luz branca que vinha do clube de golfe lá embaixo e atravessava a janela, o quarto estava escuro. Mike percorreu minha perna com o dorso da mão e me deu um meio-sorriso sexy. — Péssimo do tipo "intoxicação alimentar por causa da Waffle House" ou só um pouco mais desagradável do que ontem, o pior dia de todos?

— Você está fazendo pouco de mim — reclamei, me afastando para contemplar a grama bem-cortada em torno do buraco 13 e a vistosa sequência de árvores além do percurso. Partículas esverdeadas de nuvem agitavam-se acima, prontas para se transformarem novamente em chuva a qualquer momento.

— Você está usando muita roupa para ser levada a sério — disse Mike, chamando minha atenção para o quarto de novo e levando meu corpo para perto dele. Ele puxou a blusa de gola alta apertada que eu ainda usava. — Não foi você quem fez a regra? — provocou ele, beijando meu pescoço nos intervalos entre cada palavra. — A verdade. Nua e crua?

Revirei os olhos, mas dei um sorrisinho quando tirei a blusa pela cabeça. O quarto estava frio e senti um arrepio percorrer meus braços. Então, usando minha combinação de sorte — sutiã e calcinha pretos—, me alonguei na diagonal na cama king size com colchão d'água. Depois virei de barriga para baixo para que Mike tivesse que subir em mim para encontrar um espaço na cama.

— Sério, mais tarde — falei, apontando para o meu pescoço. — Agora quero uma massagem. Tem um nó do tamanho da Geórgia bem... isso, *aí mesmo*.

Mike usava apenas sua samba-canção xadrez quando assumiu a posição de massagista em cima de mim. Deixei que meus olhos se fechassem e respirei de verdade pela primeira vez no dia.

Depois de descobrir por Tracy o quanto estávamos próximos da vitória, fiquei inquieta durante o restante das aulas, cada vez mais ansiosa para bolar algo que garantisse nosso triunfo. Até agora, era só nisso que eu conseguia pensar. Mas as mãos de Mike em meu pescoço, tão fortes e firmes, faziam com que me esquecesse de tudo.

Lembrei-me da primeira vez em que vira suas mãos — fortes e bronzeadas, segurando um taco de beisebol; definitivamente fora algo a ser levado em consideração. Como o quarto de Mike tinha vista para o elegante clube de golfe Scot's Glen, no qual crianças que vinham do outro lado da cidade — o lado errado da cidade — se divertiam esgueirando-se pelo percurso para jogar as bolas de golfe nas mansões. Sim, totalmente adolescente, mas não havia muita coisa para entreter esse tipo de criança do lado Cawdor da ponte. E fazia parte da diversão que as crianças ricas tivessem seus arsenais perto da porta dos fundos para ir atrás dos vândalos esfarrapados.

Claro que eu já tinha tido alguns bons momentos com esses tipos errados, que estavam sempre entrando e saindo do reformatório, por vezes com nomes do tipo Júnior Júnior. Minha antiga amiga Sarah Lutsky costumava dizer que nada esquentava mais um romance entre pobretões do que um probleminha com a polícia. Mas quando conheci Mike, já havia decidido virar a página.

Era 15 de setembro, meu primeiro ano do ensino médio, e eu tinha acabado de ser transferida para a Palmetto High. Minha mãe havia acabado de se casar novamente, *mais uma vez*, e finalmente conquistado seu objetivo de mudar para o lado certo da ponte — e para a área em que fica a Palmetto. Então, quando a minha bola de golfe arrebentou a janela do quarto de Mike, foi — para variar um pouquinho — um acidente de verdade. Para não mencionar o fim da minha curta carreira no golfe.

É louco pensar nisso agora, mas nunca vou esquecer como, quando Mike saiu da casa balançando seu taco de beisebol e usando uma bermuda cáqui impecável, meu primeiro instinto foi correr. O conselho de Sarah para quando fosse apanhado era: "Quando a coisa complicar, fuja para casa."

— Ei, espera — gritara Mike, correndo atrás de mim. — Espera aí, pensei que você fosse... outra pessoa.

Congelei, parando ao lado da piscina de Mike com meu novo conjunto de golfe: polo e minissaia branca plissada — um presente do meu novo padrasto e também a coisa mais cara que já tinha tido. E foi quando percebi, pela primeira vez na vida, que eu tinha direito de estar ali. Só precisava decidir fazer parte de tudo aquilo.

Mike não sabia exatamente o quanto esse primeiro encontro tinha sido importante. Ele gostava de acreditar que o breve amasso que demos sob a área coberta perto da piscina era o motivo de me lembrar daquele dia com tanto carinho e insistir em comemorar nosso aniversário mês após mês. Mas já estamos juntos há mais de três anos (bem mais do que o terceiro casamento da minha mãe durou). Àquela altura, pensei, quando se tratava de certas fases do meu passado, essa coisa de "verdade nua e crua" não precisava ir muito longe.

Enquanto Mike cuidava do meu pescoço, pude sentir meu corpo ficando cada vez mais e mais relaxado e deixei escapar um suspiro.

— Ei, conheço esse som. — Mike se inclinou até meu ouvido para sussurrar: — Você está adormecendo. Não se esqueça de que não é a única no mundo que precisa de uma ajuda para aliviar o estresse pós-escola.

Meus olhos se abriram e sentei no colchão d'água, fazendo-o balançar.

— Quer dizer que você também está preocupado com a eleição na Palmetto? — perguntei rapidamente. — Pensei que fosse só eu, mas você também deve ter visto todos os cartazes hoje. Você acha que fizemos o suficiente? Acha que estamos mais bonitos que os outros?

— Que balde de água fria — brincou Mike, deslizando a mão pelo meu quadril. — Eu só pensei que poderia ter alguma... ahnnn... ajuda para o estresse... se é que você me entende.

— Ah — falei, alcançando a beirada da cama para pegar minha bolsa e pegar um chiclete Juicy Fruit para mascar. — Isso.

— Pois é — disse ele. — *Isso*. Você não parece muito animada.

Quando vi o olhar de Mike, percebi como eu soava idiota. Não era minha intenção. Ficar assim tão perto dele sempre me fazia querer arrancar suas roupas. Eu não tinha deixado de pensar assim, mas na minha mente agora só havia o baile.

— Desculpa, amor — falei, enterrando o rosto no peito dele. — Não foi isso que eu quis dizer. Você sabe que nunca enjoo de você. — Comecei um percurso de beijos em direção à barriga de Mike, o que sempre o deixava imobilizado. Parei quando cheguei à sua samba-canção para poder olhá-lo nos olhos. — É só que eu quero que a escola inteira queira você tanto quanto eu... como o príncipe deles.

Ele deu um gemido e acariciou minha cabeça.

— Vou me preparar para o *seu* aval.

Percorri a parte interna do elástico da samba-canção dele com os polegares e estalei a língua.

— Nananinanão, não é suficiente. Você sabe que quero celebrar nosso novo posto... com coroas.

— Por quê? — sussurrou ele. — Que posto? Quem liga para qualquer outra coisa além de nós dois? — Ele tentou me puxar para perto e pude sentir nossos corpos entrando naquele ritmo familiar. Precisava me obrigar a sair de perto dele.

— *Eu* ligo.

— Nat. — Mike suspirou. Ele recuou e penteou meu cabelo com os dedos. — Sei que você tem fantasiado com a gente sendo coroado no baile durante, tipo, todo nosso relacionamento, mas você sabe que existe vida depois da Corte de Palmetto, certo?

Mike estava sorrindo para mim daquele jeito que fazia quando eu começava a perder o controle. Rugas surgiram ao redor dos seus olhos castanhos, e o cabelo escuro ondulado caía na testa. Eu precisava lembrar a Binky, sua governanta, que o cabelo dele estava precisando de um corte há pelo menos três — não, há mais de quatro— dias; ainda que estivesse bem fofo agora.

Ainda assim, fofura não nos faria ganhar nada a essa altura de nossas vidas. Por que eu parecia ser a única ali a ter consciência disso? Em momentos assim, eu percebia que Mike não fazia ideia do que era batalhar por alguma coisa. Parecia funcionar assim: se ele não tivesse alguma coisa ou não pudesse consegui-la com seu charme, aquilo parecia não ter utilidade. Às vezes eu me perguntava se ele até mesmo era capaz de *querer* algo que fosse difícil de conseguir.

Então Mike se inclinou para um beijo, mas eu o impedi, empurrando seu peito com dois dedos. Ele estava a centímetros dos meus lábios.

— Eu morro se Justin Balmer ficar com a sua coroa — alertei-o.

Mike deu um suspiro e se jogou de novo na cama.

— Eu não vou falar sobre J.B. com você de novo — disse ele, encarando os adesivos do sistema solar que brilhavam no escuro que colamos no teto quando ficamos pela primeira vez, numa época em que os sonhos da Corte de Palmetto pareciam tão distantes quanto as estrelas lá fora.

— Não dá para acreditar que você se importa tão pouco com o quanto eu me importo com isso. — Fechei o punho e bati na cama, causando novas ondas no colchão. Mas logo apoiei a outra mão, para tentar me estabilizar. — Você pelo menos *encomendou* meu jasmim?

Nota: caso você que esteja lendo isso seja de outro planeta, o jasmim não é apenas a flor típica do estado da Carolina do Sul, como também o *corsage* favorito dos bailes da Palmetto High School. É claro que, em algum momento, o deselegante gosto sulista para design acabou interferindo na tradição e o jasmim de hoje é como um primo distante e novo rico da flor original.

Antigamente, os rapazes simplesmente colhiam um punhado de flores selvagens e douradas e as prendiam com um broche. Mas, hoje em dia, os jasmins precisam ser encomendados na Duque dos Jasmins e todas as flores parecem tomar anabolizantes. São macias, do tamanho de um *frisbee* e decoradas com todos os penduricalhos (e fitas, adesivos, *buttons* com fotos e emblemas representando o espírito escolar — e juro que vi uma ano passado que acendia e tocava música) que seu companheiro puder comprar.

Os meninos costumam fazer os pedidos personalizados com semanas de antecedência e as garotas ostentam as flores na escola um dia antes do baile. É o único momento do ano em que é possível ver líderes de torcida usando macacão — a parte frontal de jeans é o que melhor aguenta o peso. O Dia do Jasmim acabou se tornando tão importante que, se você for azarada o bastante para não ter sido convidada para o baile, simplesmente diz que está doente nesse dia. É melhor fingir do que ser vista sem uma flor.

Sei que parece exagero. A Duque dos Jasmins precisa até contratar uma equipe temporária de funcionários para ajudar a montar os *corsages* nessa época do ano. Aliás, foi assim que minha mãe conseguiu seu emprego atual — e seu atual benfeitor... quero dizer, namorado.

— Nat? — Mike passou o polegar na minha bochecha, interrompendo minhas divagações. — Eu disse que encomendaria amanhã.

— MIKE! — Pulei, horrorizada. Escolher o jasmim certo era a maior prova pública de comprometimento de um cara em relação à sua namorada. — Falta uma semana para o baile! Você sabe que as melhores flores acabam.

Mike me envolveu com a perna. Tentou me beijar de novo, mas dessa vez tranquei a boca, franzindo os lábios.

— Eu já decepcionei você? — perguntou ele.

Cruzei os braços e nem mesmo conseguia decidir se meu bico era real ou puro fingimento.

— Ainda não — respondi.

— Nunca vou decepcioná-la.

— Acreditarei nisso quando você derrotar J.B. e for o príncipe.

Mike revirou os olhos e deu um sorrisinho.

— Sua mente obsessiva é muito sexy. Mas já disse a você, está tudo tranquilo com Balmer agora. Ele só estava me mostrando sua fantasia para a festa no fim de semana.

Ai, meu Deus. Em meio a tanta confusão, acabei me esquecendo completamente da infame soirée de Mardi Gras de Rex Freeman.

Era o único momento do ano no qual todo jovem de Palmetto, com exceção de alguns mais certinhos e mais novinhos, se soltavam e piravam um pouco. Todas as garotas estariam usando máscaras com plumas e meia arrastão, mas eu estava determinada a usar algo que se destacasse naquela multidão de aspirantes a vagabundas. Os meninos usariam chapéu-panamá, um cantil no bolso e camisa social praticamente desabotoada. Geralmente, eles acabavam com um visual ainda mais escandaloso do que o das garotas.

Eu adorava escolher as fantasias que usaríamos a cada ano, mas acho que o que mais gostava no Mardi Gras era ver todo mundo de banho tomado e arrumadinho na igreja na manhã seguinte, lembrando que poucas horas antes estavam se divertindo na festa, brincando de exibir partes íntimas do corpo em troca de colares de contas. Eu esperava muito por isso todo ano, mas, dessa vez, pensar na festa de Rex era só mais uma coisa me tirando do sério.

— E daí? — perguntei de maneira ofensiva a Mike. — Você e J.B. estavam trocando contas no vestiário? — Eu e Mike já havíamos concordado em manter nossa fantasia desse ano em segredo até chegarmos à festa.

— É claro que não. — Mike deu de ombros. — É só que... o cara vai usar um boá de plumas. É muito engraçado.

— Eu duvido — falei.

Pensar em J.B. tropeçando de bêbado pela festa com um boá de plumas cor-de-rosa não mexia comigo; a não ser que o boá de plumas pudesse ser usado para humilhá-lo/aniquilá-lo publicamente.

Então Mike põe o polegar sobre meus lábios.

— Ei — disse ele suavemente. — Se eu prometer conseguir o jasmim que vai humilhar todos os outros jasmins, você me dá um beijo?

Inclinei-me na direção de Mike e tentei interpretar a expressão em seus olhos. Ele parecia totalmente sincero. Fiquei pensando se seria diferente se eu lhe contasse alguns detalhes sórdidos sobre J.B. Isso envolveria divulgar informações sobre meu passado que eu já havia banido para as profundezas da minha mente, mas sabe o que dizem por aí sobre estar desesperado.

— Qual é — disse ele novamente, tentando me convencer. — Me beija.

Puxei Mike na minha direção para que nossos lábios apenas roçassem enquanto eu dizia:

— Se eu beijar você, promete manter sua fantasia em segredo até sábado à noite?

Mike franziu as sobrancelhas da maneira que fazia quando não entendia minha lógica muito bem, mas confiava em mim o suficiente para não questionar. Suas mãos fortes me envolveram e pressionou a boca contra a minha. Sua língua separou meus lábios e, quando abri a boca, pude sentir um novo tipo de poder ali.

3

O melhor e mais cruel assassino

Quando se namora alguém da realeza sulista, é aconselhável sempre levar uma muda de roupas.

Há o traje (biquíni fio dental e vestido de praia preto transparente) que você leva para a casa de praia do namorado para o passeio noturno na lancha moderníssima dele... e o vestido de jersey lavanda estilo jogadora de tênis e o cardigã impecavelmente branco que você joga na bolsa caso os pais de sangue azul dele apareçam de surpresa na casa para jantar... de novo.

— Olha quem apareceu! — festejou Diana King assim que pisou no hall de entrada da casa de verão dos King.

Ouvi quando sua bolsa de ginástica de couro de crocodilo aterrissou no tapete persa bem no meio do imenso hall. Depois escutei o batuque apressado dos saltos stiletto sobre o piso de mármore opalescente enquanto ela traçava o caminho mais curto na direção da porta do quarto do filho mais novo, na qual ela claramente se recusava a bater.

— É a minha deixa — grunhi, rolando para longe de Mike sobre a colcha de matelassê azul-marinho. Podia apostar que ela estaria ali em cima fuxicando antes mesmo de Mike conseguir se recompor depois de todo o trabalho duro que eu vinha fazendo.

— Continuamos depois — disse Mike, mordiscando o lóbulo da minha orelha. — Oi, mãe — gritou bem alto, atravessando o quarto para pegar alguma roupa para vestir em seu baú náutico de mogno.

Dei um jeito de esconder meu ser pouco vestido dentro do banheiro com *jacuzzi* de Mike, exatamente um nanossegundo antes de Diana dominar o quarto. Pude sentir o cheiro do seu perfume Shalimar assim que ela chegou à porta. E, pelos ruídos apressados no quarto ao lado, parecia que Mike ainda estava lutando para vestir a camisa. Maravilha. Como se Diana precisasse de mais munição para me tratar com indiferença.

— Eu não havia entendido que você vinha hoje — disse Mike com suavidade, provavelmente ficando de pé para lhe dar os dois beijinhos na bochecha que ela sempre insistia em receber. — O que houve?

— Tsc, tsc — ouvi Diana dizer, lembrando-me de uma das observações favoritas de minha própria mãe, sobre a mania irritante de os aristocratas usarem onomatopeias: *Parece que não têm dinheiro bastante para comprar uma vogal.* — Querido, por que tanta surpresa? Você não acha que Natalie é a *única* que gosta de usufruir da nossa casa. Ela está aqui com você, não está?

Snif, snif. Pude vislumbrar suas narinas esculpidas pela plástica— não, desculpe—, suas narinas pós-cirurgia de desvio de septo se inflando com a leve e velada suspeita.

— Ela... está tomando banho — Mike me defendeu e prontamente abri a torneira. Não estava planejando tomar banho até ter *terminado* o que tínhamos começado no quarto e depois de algumas horas de esqui-boia ao pôr do sol. Mas, por outro lado, sempre que a mãe de Mike fazia uma aparição dessas, não era incomum ver nossos planos irem por água abaixo — ainda que a bordo de uma de suas bolsas de grife.

Irritada, me resignei a lavar o cabelo. Alguns minutos depois, senti uma lufada de ar frio quando alguém puxou a cortina do banheiro e dei um pulo.

— Nossa — engasguei. — Pensei que fosse a...
— Minha mãe? Chegando para ensaboar suas costas?
— Ele levantou uma das sobrancelhas.
— Vem cá. — Segurei o braço de Mike para puxá-lo. Finalmente as coisas estavam voltando a ficar como deviam: fumegantes.

Mas Mike olhou ao redor, como se sua família pudesse nos ver dentro do banheiro.

— Não posso — disse ele. — Preciso ajudar meus pais a tirar a bagagem do carro. Minha mãe gostaria que jantássemos todos juntos.

— Jantar? — perguntei. Jantar com Diana definitivamente não estava nos meus planos. Eu precisava ficar a sós com Mike para nos prepararmos para nossa semana decisiva. — Que tal o lago?

Mike tirou a esponja vegetal da minha mão, virou meu corpo com agilidade e começou a ensaboar meu ombro.

— Não mude de assunto — reclamei.

— Não podemos fugir simplesmente — disse Mike. — Levo você para andar de barco depois do jantar.

Virei a cabeça de uma vez.

— Só nós dois?

— E olha que amanhã tem aula. — Mike deu uma piscadinha.

— Ooh. — Dei um sorriso. — O que a mamãe vai achar disso?

Limpinha e usando, apropriadamente, o vestido que Mike deixara estendido sobre a cama — o que ele estava pensando? Que eu ia jantar de camisola? —, desci as escadas de madeira de lei pisando duro.

Pelas janelas francesas eu podia ver o senhor e a senhora King relaxando na varanda de frente para a água reluzente a oeste da Cove. De pernas cruzadas, Diana usava um tailleur azul-marinho e lia o jornal enquanto bebericava de sua característica taça de Viognier. Os cabelos brancos estavam presos em um coque baixo próximo do pescoço e, como sempre, sua maquiagem parecia impecável. O pai de Mike, Phillip, cujo estresse era visível em todas partes do corpo — e com quem meu namorado se parecia apenas fisicamente —, tinha o cenho franzido e gritava ao celular. Com o bico do sapato social de couro polido, ele fazia círculos apressados no ar.

Nada indicava o iminente jantar em família. Mas quando ouvi o denunciador barulho de louças que vinha da cozinha, entendi tudo. Ainda que nenhum King tivesse posto o pé naquela cozinha desde que o projeto arquitetônico fora aprovado, não significava que outra pessoa não pudesse preparar um banquete para a família. É claro que eles não poderiam ter viajado quase cinquenta quilômetros até a praia sem "ajuda". É claro que deviam ter trazido a governanta, Binky, a tiracolo.

Binky e eu tínhamos uma relação complicada — em alguns momentos, como esse, eu me sentia bem mais próxima dela do que da família de Mike. Eu sabia que, quando ela não estava hospedada com os King, vivia onde era meu antigo lar, do outro lado da ponte, em Cawdor. Na verdade, quando conheci Binky, descobrimos que compartilhávamos uma paixão pelos *huevos rancheros* do Dos Hermanos, uma birosca mexicana que ficava perto da casa dela. Só me lembrei de quem eu era agora quando a Sra. King empinou o nariz na minha direção e perguntou por que diabos eu tinha estado daquele lado da cidade. Tive que lançar mão de uma desculpa de que não me orgulho e explicar, gaguejando, que me perdi durante uma aula da autoescola. Daí em diante, aprendi a ser muito cautelosa com o que deixava escapar na frente de Binky. Por enquanto, sabia que seria mais fácil fazer isso se eu não confundisse os limites entre quem serve e quem é servido.

— Aí está você — disse Mike, vindo da biblioteca. Ele beijou minha testa, todo cavalheiro e respeitador. — Espero que não se incomode, mas quando mamãe viu seu vestido, pediu a Binky que o passasse.

— Sua mãe mexeu nas minhas coisas? — perguntei. Então fora Diana, e não Mike, que tinha deixado meu vestido estendido na cama. Eu achava que não havia nada de suspeito na minha bolsa, mas deixar que Diana fuxicasse minhas coisas definitivamente não era um precedente que eu gostaria de abrir.

— Só estávamos tentando ajudar para quando você fosse trocar de roupa — disse Mike, como sempre tentando apaziguar. — Falando em roupa, terei uma prévia da sua fantasia de amanhã mais tarde?

A festa do Mardi Gras. Depois de uma pequena batalha com Mike, eu finalmente havia escolhido uma fantasia para ele — por que os meninos sempre querem usar maquiagem e meia-calça? Consegui convencê-lo com algum esforço de que, esse ano, iríamos impressionar a todos sendo simplesmente clássicos e elegantes. Com certeza todas as minhas amigas seguiriam a velha fórmula dos trajes de quem trabalha num bordel, então adorei a ideia de ser a única donzela no recinto. Mike estar charmoso era de igual importância esse ano. E ele realmente iria se sobressair — principalmente ao lado de um Justin Balmer de vestidinho curto.

— Nossas fantasias para amanhã ainda são surpresa, não é? — perguntei a Mike. — Você não contou a J.B. nem a ninguém, certo? É o nosso momento de ofuscá-los, mostrar que somos dignos da realeza, de verdade.

— Confie em mim — disse Mike, pegando a minha mão para que fôssemos cumprimentar sua família real lá fora. — Vamos detonar nessa festa.

— Olá, Natalie. — O Sr. King se levantou e apertou meu ombro com força. — Como você está bronzeada, hein? — disse ele, me avaliando da cabeça aos pés.

— Meu Deus — disse Diana, me olhando de esguelha por cima do jornal. — Ela está morena mesmo, não está?

— Aulas de golfe — acrescentei rapidamente e, antes que achassem que eu estava trabalhando no campo, acrescentei: — No clube.

Diana conferiu os próprios braços.

— Estou tão pálida, como a Scarlett O'Hara. A moda já foi essa um dia. — Ela olhou ao redor e nos lançou um sorriso contido. — Quem gostaria de jantar na varanda hoje?

Dando de ombros, Mike me deu a deixa para decidir.

— É claro — falei, sentando-me em uma cadeira entre os pais de Mike. Como mamãe sempre dizia: "Não importa onde você esteja, se agir como se estivesse em casa, em casa você estará." Mas, novamente, eu não tinha certeza se o livrinho de etiqueta de mamãe a teria levado muito longe com essas pessoas daqui. Principalmente com alguém como Diana, que pegou um sino prateado da mesa de vidro e balançou seu pulso fino e pálido-à-la-Scarlet-O'Hara. O som estridente e alto ecoou pelo jardim, e pensei em como esse chamado deveria soar para qualquer um que estivesse na costa. Mas, lembrando, as casas em Cove, esse lugar tão cobiçado por muitos, ficavam tão afastadas umas das outras, que provavelmente eu e os King éramos os únicos em quilômetros.

Alguns segundos depois, Binky apareceu para atender ao chamado. Ela usava um uniforme engomado preto que tinha cheiro de lavanda e os cadarços de seus sapatos pretos estavam duplamente amarrados. O cabelo preto e curto tinha o tom azulado que denunciava a tinta comprada em farmácia. Seu sorriso parecia indolente enquanto estava parada diante dos King, à espera de ordens.

— Nossa convidada quer jantar aqui fora — disse Diana. — Espero que não seja muito trabalho.

— Claro que não — assentiu Binky. Então olhou para mim. — Olá, Srta. Natalie.

Sorri e assenti na direção de Binky também, mas decidi manter minha boca fechada. Era a centésima vez que eu jantava com os pais de Mike e, ainda assim, continuava sendo eternamente chamada de "convidada".

Estávamos naquela época do ano em Charleston quando ainda estava quente o bastante para nadar e o pôr do sol tardio era sempre uma surpresa. A cobertura de pinheiros lançava sobre nós um tom de verde vivo enquanto aguardávamos que alguém começasse a conversa. As cigarras cantavam no escuro e uma pinha caiu no chão.

Quando ouviu vozes perto da doca, Diana sorriu animada e se levantou da cadeira. Deu seu tchauzinho sereno de ex-miss para o irmão de Mike, Phillip Jr., e sua nova noiva, Isabelle, enquanto vinham em nossa direção.

Percebi que havia um veleiro ancorado na marina dos King, mas, pela aparência das roupas brancas e recém-passadas de Phillip e Isabelle, imaginei que eles também deviam ter algumas mãos contratadas no convés.

— Vocês conseguiram chegar a tempo — exclamou Diana.

Isabelle distribuiu beijos no ar enquanto Phillip Jr. foi para o bar e se serviu de licor de ervas e bourbon.

— Ouvimos seu sininho anunciando o jantar e viemos correndo — disse ele secamente.

Apesar de ter herdado o nome do pai, Phillip Jr. não optou pelo negócio da família no ramo da radiologia quando se formou na faculdade de Medicina no ano anterior. Em vez disso, abriu sua própria clínica e desde então se tornou um dos mais jovens e atraentes cirurgiões plásticos de Charleston. Era tudo muito velado, já que a cirurgia plástica era praticamente inaceitável em uma família de médicos "de verdade". Mas vendo a pele sem rugas ao redor dos olhos de Diana quando ela sorria para sua futura nora, estava claro que alguém havia descoberto os benefícios de se ter um filho com um estoque infinito de botox na maleta.

— Isabelle, querida, estava contando a Natalie sobre a reforma que você e Phillip estão fazendo no barco — mentiu Diana, alisando os cachos louros da futura nora, que se pareciam muito com os dela.

Ela se virou na minha direção.

— Eu a convidaria para se juntar a nós para um passeio depois do jantar, mas... — hesitou Diana, procurando pelas palavras certas — você parece preferir emoções mais fortes.

As alfinetadas tinham começado cedo naquela noite; ainda nem tínhamos comido a entrada. Como responder de maneira espirituosa que eu preferia afundar com uma âncora a passar três horas tediosas com os King em um veleiro qualquer?

Mike havia me prometido um passeio na lancha sob o luar. Mas quando olhei para ele, exemplificando uma jogada de golfe sobre o gramado a pedido do pai, eu soube que nossa aventura marítima estaria acabada se ele pescasse algo sobre o passeio no barco de Phillip Jr. Mike odiava ser deixado de fora dos programas familiares. Um complexo típico de caçula.

— Adoraríamos nos juntar a vocês — respondi. — É só que... não consigo entrar em um veleiro há anos... desde o que aconteceu com papai. — Sustentei o olhar de Diana. — Tenho certeza de que Mike lhe contou sobre o acidente, não é mesmo?

— É claro — disse Diana num tom de voz equilibrado. Ela inclinou a cabeça de leve antes de se virar na direção de Isabelle. — Bem, tenho certeza de que o restante de nós fará um passeio adorável — disse ela, dando tapinhas na mão com unhas postiças de sua protegida. — Oh, Binky chegou para servir os drinques. Felizmente.

Quando os outros membros da família mergulharam na travessa de prata com coquetéis, localizei Mike e dei um puxão na manga de sua camisa.

— Ela ainda fala comigo como se eu fosse descartável — reclamei entre dentes.

Mike me enlaçou pela cintura e me apertou. Por um segundo breve demais, todos os outros desapareceram.

— Não é nada pessoal, Nat. É uma questão de tradição. — Seu tom indicava que eu já sabia do que se tratava. — Mamãe mal parecia saber quem era Isabelle até Phillip colocar uma aliança no dedo dela. E nossas famílias são amigas há gerações.

E era isso. Até quando Mike tentava me consolar, era impossível deixar de citar a sempre presente hierarquia de criação de Charleston. O que precisaria ser feito para que os King achassem que eu merecia um lugar em sua corte?

— Só para você saber — soltei rapidamente, quando Binky chegou com uma bandeja de saladas —, declinei um convite de sua mãe para dar um passeio no veleiro de P.J depois do jantar. — E antes que Mike pudesse reclamar, acrescentei: — Você sabe que eles me deixam nervosa.

— Sei? — Mike parecia confuso.

O som retumbante do sino de Diana nos interrompeu.

— O jantar está na mesa — anunciou Binky, e cada integrante da família feliz procurou seu lugar para sentar. Dei um sorriso malicioso quando vi que, na disposição dos lugares, haviam colocado meu nome em frente ao de Mike. Duvidava seriamente que Diana tivesse ordenado essa arrumação se imaginasse o que estaria sorrateiramente ao alcance do meu pé por baixo da mesa. Quem gosta de emoções fortes agora, hein, Sra. King?

— Então, Mikie — disse Phillip Jr., usando o apelido que eu odiava enquanto passava manteiga em um pãozinho de batata-doce. — A coroa do Justin Balmer veio se consultar comigo hoje.

Cheguei e mencionar o quão chato e abominável Phillip Jr. normalmente era? Mas de repente ele tinha toda a minha atenção.

— Pelo jeito como a Sra. Balmer está falando — continuou ele —, as bolsas embaixo dos olhos dela não são as únicas coisas despencando em Palmetto. Como estão os seus números nas pesquisas de opinião para príncipe? Ela está contando vantagem ou J.B. vai mesmo ganhar de você de lavada?

Diana pousou o garfo no prato, alarmada. Seus olhos se arregalaram na direção de Mike.

— Phillip está brincando, mamãe — disse Mike, dando de ombros.

— Não exatamente — respondeu Phillip com ironia e olhou para os pais. — Refresquem minha memória: por quantas gerações os King foram coroados na Palmetto High? Quatro? Ou foram cinco?

— *Todas* as gerações desde que a escola foi fundada — disse Phillip, o pai, fazendo um gesto para que Binky trocasse seu prato. Ele levantou sua faca de cortar carne na direção de Mike, fazendo com que aquilo parecesse uma extensão de seu corpo. — Esse não é um simples concurso de beleza para se tratar como se fosse pouco importante, Michael. Você sabe que nossa família tem um recorde impecável.

Sempre pensei que Mike fosse indiferente em relação ao posto de príncipe porque era o tipo de coisa que sua família desprezava. Mas agora finalmente entendia uma das muitas batalhas silenciosas que eu travava com Diana: todos os dias depois da aula, quando eu puxava para frente o certificado de Mike da National Merit Scholars, alguém o trocava de lugar com seu troféu de futebol americano depois que eu voltava para casa.

Então para os King o sucesso era uma fórmula. Se a vida adulta era o momento de seriedade e realização profissional... seria possível que o ensino médio, aos olhos deles, significasse triunfar nos esportes e ser popular? Ainda que isso se sobrepusesse aos estudos? Então os King se importavam com a Corte de Palmetto tanto quanto eu. De uma hora para outra, o jantarzinho passou de "um desastre" para "extremamente benéfico".

— Óbvio. Quem poderia esquecer o discurso de coroação irretocável de Phillip Jr.? — lembrou-se Diana, limpando a boca com um guardanapo. — Como foi mesmo, querido? "Estou grato por concederem-me esta honra..."

— "E merecerei sua confiança absoluta" — terminou Phillip Jr., com um aceno de cabeça presunçoso. Revirei os olhos na direção de Mike, querendo dizer que ele não ressuscitaria essa pérola durante a nossa coroação.

Phillip Jr. diminuiu o tom de voz e inclinou a cabeça para longe de sua mãe.

— É claro que, se perguntar a Isabelle, não é da minha proeza com as palavras que ela se lembrará desse dia — murmurou ele, dando um cutucão em Mike. — Não bata na porta se vir a carruagem balançando. Sabe o quero dizer?

Ele e Mike desfrutaram de um raro momento de intimidade entre irmãos ao se referirem ao que havia acontecido atrás das portas fechadas da carruagem durante o famoso percurso do príncipe e da princesa a caminho da coroação. Era uma das mais antigas tradições de Palmetto, e também um dos eventos mais carregados de tabu. Meia hora antes da cerimônia de coroação, uma carruagem guiada por cavalos fazia duas paradas no Scot's Glen Country Club. Primeiro para buscar o príncipe na sala de jogos e, em seguida, para pegar a princesa em frente ao *lounge* das senhoras. Então os futuros coroados davam uma volta, passando por todos os dezoito buracos do campo de golfe, e depois eram levados até o lugar da grande entrada na cerimônia para fazerem seus discursos.

Dependendo do relacionamento entre os futuros integrantes da realeza, essa volta na carruagem poderia ser algo levemente embaraçoso ou totalmente indecente. E, é claro, era sempre um prato cheio para as fofocas da escola. Se havia alguma química entre príncipe e princesa, pedir que a princesa entrasse na carruagem era o mesmo que encaminhar a noiva para o leito nupcial. Daí a bravata vulgar de Phillip Jr. e o olhar glacial não-na-frente-da-sua-família de Isabelle.

— E você, Natalie? — perguntou ela, jogando a conversa de volta em um terreno mais apropriado. — Está se candidatando a princesa também?

Antes que eu pudesse abrir minha boca, Diana lançou:
— Não mude de assunto, Isabelle.

Usei meu dedão do pé para cutucar a virilha de Mike. Quando ele levantou a cabeça e seus olhos encontraram os meus, ergui as sobrancelhas da maneira mais sedutora que pude considerando que estávamos na mesa de jantar. *É a sua deixa, meu amor.*

— Ninguém está mudando de assunto — começou Mike, obediente. — Se eu ganhar qualquer coisa, será por causa de Nat.

Diana estava batendo os dentes do garfo no prato sem notar que a mesa toda tremia no ritmo do estado de nervos dela. Pus outro pedaço de filé mignon na boca, saboreando cada um daqueles instantes maravilhosos.

Eu nunca vira o rosto de Diana King desmoronar daquele jeito. Havia algo gloriosamente transparente em sua expressão dissimulada:

Ela estava sendo omissa em suas obrigações de mãe da alta sociedade?

Havia alguém com quem ela devia falar?

Seria... hã... tarde demais?

— De verdade, Sr. e Sra. King — falei de maneira doce, pousando uma das mãos no braço de Diana para silenciar a sinfonia do garfo. — Não se preocupem com nada. — Pressionei meu dedão ainda mais fundo entre as pernas de Mike, pensando por um momento nos elogios que poderia ouvir por conseguir abrir o fecho da calça dele usando apenas os dedos dos pés.

— É um pouco mais fácil dizer do que fazer, querida — falou Diana para mim.

— Eu prometo — disse, dando o devido peso a cada palavra. — Acho que eu e seu filho encontramos um jeito infalível de sermos eleitos. — Olhei para Mike, conseguindo finalmente desabotoar sua calça; e bem ali na cara daquela família conservadora. — Muito em breve... teremos traçado tudo.

Mike mordeu o lábio. Às vezes era difícil dizer se ele estava vermelho por ter ficado excitado ou se estava com vergonha por causa de um comentário de duplo sentido inocente na frente de sua família. Com exceção de mim, todos pareceram aliviados quando Binky trouxe uma bebida para limparmos o palato.

— Obrigada, Binky — disse Diana, colocando-se novamente em seu lugar de rainha. — Acho que pediremos que sirva a sobremesa no veleiro de P.J. E seremos só nós quatro, é claro. — Ela gesticulou para todos menos para mim e para Mike.

Ele olhou na minha direção.

— Você tem certeza de que não quer...

— Sua mãe e eu já falamos sobre isso, lembra? Ela foi gentil ao levar em conta meus sentimentos depois do que houve com papai.

— É claro — assentiu Mike, parecendo desconfortável por não ter se lembrado imediatamente. Não que eu o culpasse; eu não ficava o tempo todo falando sobre o

desaparecimento do meu pai. O trágico acidente de veleiro era apenas uma história conveniente, boa o bastante para contar para as pessoas e trágica o suficiente para evitar que alguém, incluindo Mike, perguntasse por detalhes.
— Vamos sair de lancha então, mãe, se não se importar.
— Faça como quiser — disse Diana, levantando-se para nos dispensar de permanecer à mesa. — Lembre-se apenas de que quando falamos sobre você ser príncipe daqui a uma semana, não estamos tratando somente dos seus desejos. — Ela olhou para mim. — É um assunto de família.

Enquanto eu e Mike caminhávamos em direção à marina, ele me puxou para trás do pinheiro onde um dia tínhamos escrito nossas iniciais. Ficamos agarradinhos entre os montes de plantas carnívoras esverdeadas que cresciam como sardas no jardim dos King. A boca das plantas estava aberta, esperando pela próxima refeição.

— Você e minha mãe estão juntas na minha campanha para príncipe de Palmetto — brincou ele. — Ei, desculpe sobre o lance do veleiro. Eu devia ter me tocado.

— Isso é passado — respondi rapidamente. — E se trabalhar com sua mãe significa conseguir a sua coroa, acho que posso sofrer por uma semana.

Mas eu não me sentia nem um pouco unida a Diana. Na verdade, meu orgulho ainda estava abalado pela dose de ironia quando ela disse "assunto de família". Por que Mike não parecia se incomodar nem um pouco? Ele já estava ocupado soltando o barco. Enquanto eu observava seus braços se flexionarem com o movimento, meu corpo inteiro começou a vibrar. Vibrar mesmo. Ah, espere. Era o celular vibrando dentro da bolsa.

Fiz uma careta ao pensar que provavelmente era a minha mãe, para pedir que eu comprasse outra garrafa de vinho para ela quando estivesse a caminho de casa. Nenhuma mãe ficou tão feliz ao saber que a filha tinha sua primeira identidade falsa.

Mas esse torpedo não tinha nada a ver com um SOS-bebida da minha mãe.

Adivinhe quem ressuscitou dos mortos? Sou um homem livre de novo e quero comemorar com a minha filha preferida. Podemos nos encontrar para um drinque?

A aparência tranquila que eu tinha conseguido manter durante todo o jantar desapareceu de repente na noite. Uma cobra semiaquática negra e grossa se moveu sinuosamente perto dos meus pés, então segurei o pilar de madeira da marina em busca de apoio.

— Nat? — gritou Mike. — O motor do barco já está ligado. Venha aqui para que eu possa começar a ligar o seu também.

— Já vou — falei, com a voz rouca.

Sem dúvida, vindo dos mortos.

Papai.

4

Ambição prodígio

— Explique-me como você está tão calma — perguntou-me Kate no *brunch* no dia seguinte. Estávamos sentadas ao longo da calçada da Catfish Row, margeada pelas palmeiras, terminando um segundo round de cappuccinos na varanda do famoso MacLeer's Biscuit Café.

Qualquer um em Palmetto diria que o MacB's é o único lugar da cidade para um *brunch*, não apenas por causa dos biscoitos amanteigados e compotas caseiras de pêssego, mas também pela oportunidade de conferir quem estava com quem. Desde que as nuvens carregadas finalmente tinham dado lugar ao sol, a temperatura estava em torno quinze graus e parecia que todos do colégio estavam desfilando pela histórica calçada de madeira em frente ao MacB's.

Na mesa oito, a redonda que ficava mais perto da rua de pedras, os integrantes de conselho estudantil — que nunca relaxavam — se esforçavam para abrir espaço para os bagels na mesa repleta de fichários com o planejamento do baile. Perto da água, Tracy Lampert e sua roda de alunos do terceiro ano formavam uma aglomeração amorfa balançando os pés descalços na calçada e prendendo flores de corniso nos cabelos uns dos outros. E, na minha mesa de sempre, no cantinho do fundo da varanda, um grupo de alunas do último ano estavam sentadas lado a lado em uma longa fileira, observando o oceano enquanto terminavam suas quiches de clara de ovo.

— Esteticista às cinco, Nat? — perguntou Jenny Inman quando as meninas passaram por mim a caminho do estacionamento.

— Ligo para você — falei, sorrindo e tentando amenizar a leve confusão em seu rosto por não ter me sentado em meu lugar habitual ao lado dela no MacB's de manhã.

As meninas sabiam que Kate era uma das minhas pupilas favoritas. Mais cedo, eu tinha concordado em lhe dar uma segunda opinião para escolher a fantasia do Mardi Gras de uma loja baratinha no fim da rua. Mas quando a vi, ao mesmo tempo bebendo seu cappuccino, verificando o rabo de cavalo à procura de pontas duplas e tentando chamar a atenção de uma garçonete para pedir a conta, fiquei pensando se Kate não precisava de ajuda com algo mais que uma fantasia. Eram muitas ações simultâneas, e Kate normalmente era bem contida. Quando percebi que ela ainda esperava por uma resposta, decidi não mencionar que gente muito agitada tinha o estranho efeito de amolecer o meu humor.

— Estou calma — sugeri em vez disso —, pois já tenho uma fantasia para hoje à noite. Você está entrando em pânico... — falei, no meio da multidão de jovens enlouquecidos por causa do Mardi Gras de Palmetto — porque está se deixando levar por toda essa agitação.

Nesse momento, um bando de Bambies levantou e passou pela nossa mesa, reclamando sobre as limitadas opções de meia arrastão tamanho P na loja de fantasias da esquina.

— Você tem razão. — Kate me olhou nos olhos e sorriu, jogando os cabelos cor de âmbar sobre o ombro. — Que se dane toda essa agitação!

Ofereci-lhe um chiclete e levantei a cabeça para ver o bando de Bambies partindo.

— Entendi que você vai escolher uma fantasia diferente da das outras garotas do segundo ano, certo? — perguntei. — Ouvi algo a respeito de... bordel chique?

Kate bufou, assinando a via do cartão de crédito que a garçonete tinha finalmente trazido. Levantamos e empurramos nossas cadeiras de vime de volta aos seus lugares.

— Por favor — disse Kate. — Para me transformar em outra Bambi qualquer? — Ela deu de ombros, fazendo com que seu cabelo comprido brilhasse sob o sol. — Prefiro me juntar ao coro da igreja.

Sorri ao imaginar Kate no púlpito com um bando de criancinhas e joguei alguns dólares a mais na mesa antes de sairmos. Embora minha mãe não admitisse de bom grado hoje em dia, ela havia sido garçonete nos primeiros catorze anos da minha vida, então eu sabia bem o quanto a falta de uma boa gorjeta era injusta.

Kate olhou ao redor e abaixou o tom de voz até um sussurro:

— Hoje à noite eu resolvo minha vida com Baxter, que *ainda* não me convidou para o baile.

— Por isso você está surtando! — provoquei. Baxter Quinn era o alcoólatra mais famoso de Palmetto e traficante particular de grande parte das festinhas que rolavam depois das festas da escola. Ele era alto, cabelos claros e sexy de uma maneira canalha e sem futuro. Embora muitas vezes ele mal conseguisse se manter de pé, parecia estar sempre inteiro para as meninas.

— E é por isso que você está tão calma — disse Kate, me puxando para longe do calçadão de madeira — e para longe dos ouvidos das outras pessoas de Palmetto. — Você tem um namorado-modelo. Garanto que nem se lembra como é ficar ansiosa por causa de um cara.

Por um segundo, arrastei meu pé pelo piso de madeira. Ficar ansiosa por causa de um cara era exatamente o que eu estava *evitando* fazer, desde aquele torpedo perturbador do meu pai na noite anterior. Basta dizer que o fato de meu pai ser um "homem livre" de novo não era exatamente uma boa notícia como ele estava afirmando.

Eu já conseguia sentir a tensão no meu maxilar por mastigar nervosamente o chiclete que havia acabado de colocar na boca. Quando um Juicy Fruit ficava sem gosto em menos de cinco minutos, eu sabia que precisava encontrar outra maneira de relaxar.

Kate parou em frente a uma casa geminada verde-clara, de três andares, arquitetura tipicamente sulista e com uma varanda pintada de roxo. Uma placa de madeira, presa por dobradiças, balançava na viga suspensa: *Weird Sister's Closet*.

Ela puxou as portas enfeitadas por vitrais e entrou. Como grande parte das mansões que haviam sido transformadas em boutique de lingerie na Catfish Row, a Weird Sister's Closet estava repleta de tudo o que existe para realçar seu decote. Pôsteres de atrizes de cinema peitudas cobriam as paredes e sutiãs sem alças de todos os modelos e tamanhos enchiam as prateleiras. Mas como a loja ficava em uma rua pavimentada lateral ao movimentado calçadão, Kate já havia me garantido que a Weird Sister era o único lugar daquela área reformada de Charleston — uma antiga zona de prostituição — que estaria livre de Bambies naquele dia.

— Por que essa cara aborrecida? — perguntou Kate, olhando para mim. — Onde está seu sorriso de futura realeza?

Afastando os pensamentos sobre o meu pai, pelo menos por enquanto, permiti a mim mesma dar um sorrisinho. Kate estava certa. Ser quase da realeza era um motivo para sorrir, especialmente depois de tanto planejamento. Em alguns dias, cruzando os dedos, eu e Mike estaríamos coroados e felizes.

Toda a campanha terá terminado e nós dois poderemos simplesmente aproveitar o resultado do trabalho duro. Tínhamos ficado acordados até tarde escrevendo o discurso da coroação e ensaiando os passos de valsa para o baile. Sim, havia uma valsa. E, depois do baile, pegaríamos uma garrafa de champanhe e seguiríamos direto para nosso esconderijo secreto, uma cachoeira próxima de Mount Pleasant, e só voltaríamos depois de amanhecer.

Apenas nós dois, exatamente como havíamos planejado.

— Assim está melhor — disse Kate, assentindo ao notar a diferença em meu comportamento. — Agora vamos nos concentrar no meu maior problema, que vem a ser *plumas em uma roupa apertada na bunda*. — Ela pegou um body bordado com lantejoulas vermelhas, virando o cabide para que eu visse as plumas sobre o bumbum. — Amamos ou esquecemos?

— Hum, isto é uma cauda? — perguntei, intrigada e horrorizada ao mesmo tempo.

— Só para vocês saberem, temos esse também em roxo — disse a ruiva extravagante dona da loja, pigarreando atrás da caixa registradora.

— Só algumas mulheres podem usar roxo. — Kate sorriu para mim. — Nat está entre elas. — Então ela apertou o body vermelho bordado contra o peito e deu uma piscadela perversa na minha direção. — Acho que vou experimentar essa gracinha.

Quando ela entrou na cabine, eu ri e balancei a cabeça. Como filha do advogado mais rico de Charleston, Kate tinha alguma vantagem sobre várias meninas de Palmetto — meninas que tinham apenas dinheiro "suficiente".

A mãe de Kate era comprovadamente louca (se as paredes do country clube falassem...), mas, por causa do saldo positivo intocável do marido no banco, todos a chamavam de "excêntrica" em vez de "louca". Como se algumas palavras simplesmente não se aplicassem aos bilionários. Assim, diferentemente das outras meninas,

Kate podia colocar um piercing na língua ou adicionar uma tatuagem ao seu arsenal praticamente todo ano... e usar um body apertado com plumas e lantejoulas — tudo isso sem correr o risco de ser chamada de vagabunda. Talvez fosse por isso que eu gostava dela: ela vivia como alguém que não sentia medo.

Ao contrário dela, eu tinha vindo de baixo. Corri os dedos por uma fileira de corpetes de couro e senti um orgulho renovado ao lembrar que minha fantasia era o oposto de tudo que havia naquela loja. Estava começando a pensar em Mike e eu, fantasiados e desfilando pela festa daquela noite, quando alguém apareceu e levantou a fantasia roxa de periguete.

— Pensei que talvez você quisesse experimentar essa aqui — ronronou Justin Balmer.

O cheiro amadeirado de sua loção pós-barba me dominou. E eu acreditava que nada poderia se sobrepor ao odor sensual da vela aromática de jasmim que queimava na loja ao lado do caixa. O cheiro de J.B. não era exatamente ruim, talvez fosse o fato de estar tão próxima a ele que fizesse meu estômago revirar.

Eu tentava não olhar para a fantasia de periguete — ou para a maneira como os cabelos louros dele caíam sobre seus olhos —, então foquei no seu moletom. Era o mesmo casaco do time de futebol americano da Palmetto que Mike costumava me emprestar para os jogos.

— O que você acha? — perguntou J.B., dedilhando as plumas das costas da fantasia. Um calafrio surpreendente se espalhou pelo meu peito.

— Mas você viu primeiro — falei, friamente. — Eu não teria coragem de privá-lo de usar a fantasia perfeita no Mardi Gras.

— Quem falou de fantasia? — disse ele. — Só acho que essa roupa poderia ressaltar alguns de seus melhores atributos.

— Você está falando do meu tédio crescente diante das suas investidas? — falei, esgueirando-me para longe dele pelo corredor apertado da seção de lingerie.

J.B. pôs as mãos sobre os meus ombros, no melhor estilo massagista, e respirou na minha nuca.

— Então o que a princesa tem na manga para a fantasia de hoje? — sussurrou ele.

Dei uma volta.

— Isso só interessa ao príncipe, e resta a você ficar doido para tentar descobrir.

Um gemido frustrado de Kate veio da cabine, fazendo com que déssemos um pulo para trás. Eu havia esquecido completamente que ela ainda estava lá dentro experimentando a fantasia colante.

— Como está ficando? — perguntei através da cortina, torcendo para que ela não tivesse ouvido o que J.B. dissera.

— Adeus, plumas — disse ela, parecendo distraída. — Tem mais alguma coisa aí fora na qual valha a pena eu me enfiar pelo Baxter?

J.B. arqueou uma sobrancelha para mim. Com um movimento de mágico ele tirou a primeira peça ao alcance de uma arara e estendeu para que eu aprovasse. Era um corpete espalhafatoso de cetim rosa-shocking. Se Kate queria chamar a atenção de Baxter, isso provavelmente surtiria efeito.

J.B. arremessou o cabide pela cabine e, sem nem mesmo pensar, acrescentei:

— Por que você não experimenta essa aqui?

J.B. fez um gesto de vitória na minha direção, reconhecendo nosso trabalho em equipe. Como se nós dois fôssemos de fato nos cumprimentar comemorando qualquer coisa. Desprezei o gesto, mas continuei ali, congelada.

Depois de um instante, J.B. abaixou o braço e suspirou. Uma mecha de cabelo louro voou mostrando sua testa. As letras verdes de seu moletom combinavam perfeitamente com a cor de seus olhos, que se destacavam ainda mais que o usual, quase como se estivessem me provocando. Eu estava dividida entre querer cortar a encarada dele e não querer ser a primeira a desviar o olhar.

— Pare de me olhar desse jeito — sussurrei finalmente, odiando perceber que minha voz soava tão fraca e que eu estava sem fôlego.

— É só um sorriso, Nat — disse ele.

Por um momento, Justin Balmer soava quase defensivo. Mas logo em seguida ele passou a língua pelos lábios e mostrou os dentes, o que fez com que um calafrio percorresse a minha espinha.

— Quer saber... — começou ele num tom de desprezo, voltando a ser o animal que eu conhecia. — Acho essa sua teimosia em ganhar esse concurso um tanto quanto... bem, divertida. — Ele se inclinou para a frente, e largou a fantasia roxa nos meus braços. — E quando eu me divirto — continuou ele, passando por mim — fico com vontade de jogar.

Dei uma olhada em J.B., parado na porta acariciando o próprio queixo.

— Certo. — Não consegui deixar de sorrir. — Que comece o jogo.

— Você está falando com quem? — perguntou Kate da cabine assim que J.B. saiu da loja.

— Ninguém — respondi rapidamente, virando a tempo de ver Kate abrindo a cortina. Ela saiu da cabine se requebrando, vestindo nada além do corpete rosa de cetim que, aliás, caía nela como uma luva.

— Espero que você esteja preparada para arrasar mais tarde — disse ela cantando e dançando na minha direção.

Vi Justin, de relance, caminhando rumo ao calçadão de madeira, cruzei os braços e disse:

— Ah, eu estou pronta.

5
Vida de charme

— *B*em-vindos a Bourbon Street — disse Rex Freeman, abrindo a porta da mansão de seus pais em Palmetto no sábado à noite. Ele estava sem camisa, com um chapéu de bobo da corte cobrindo o cabelo vermelho curtinho no estilo militar, sua marca registrada. Ele vestia jeans cortados à mão e chinelos. Havia tantos colares de contas pendurados em seu pescoço, que mal dava para enxergar seu peito sarado e coberto de sardas, o que teria sido uma pena, mas como eu sabia que ele daria tudo de si para ver os peitos de cada vagabunda da festa, Rex provavelmente entregaria grande parte de seus colares antes que a noite terminasse.

Ele sorria para o oceano de Bambies que me separava de Mike na entrada da festa.

— Senhoritas, vocês podem pendurar os casacos no closet se eu puder pendurar essas contas no seu...

— Com licença — falei, puxando a mão de Mike pela multidão de meninas risonhas. — Antes que o clima no foyer fique muito quente, você não se incomoda se a gente passar logo, não é?

Mike balançou a cabeça e sorriu tolamente na minha direção.

— Desculpe, cara — disse ele, cumprimentando Rex a caminho da porta. — Você sabe que a Nat não tem muita paciência para uma reunião de Bambies.

— *Pas de problem* — disse Rex, dando de ombros. — Sobra mais para mim.

Alcancei o pescoço de Rex pegando um colar de contas particularmente extravagantes. Eram vazadas, de plástico metalizado, e em formato de pena de pavão.

— Chique — falei. — E, hum... acendem. Se importa se eu...

Rex sorriu para Mike, as sardas de sua bochecha se comprimindo.

— Você sabe que a maioria das garotas faria qualquer coisa para ganhar um colar tão especial quanto esse. Ou eu já estou bêbado ou você tem uma namorada muito persuasiva.

— Não que essas duas coisas sejam mutuamente exclusivas — brincou Mike.

Rex fez um gesto para que entrássemos e assentiu na direção de um cartaz acima, no qual se lia: *Provem na frente, brinquem atrás.*

— Ignorem o cartaz — disse ele. — Embora haja realmente uma mesa de pôquer lá atrás para brincar, vocês encontrarão bebida de qualidade no andar de cima, na biblioteca do meu pai. — Sua expressão ficou séria. — Essa informação é confidencial.

— *Discrição* é nosso sobrenome — falei. — Obrigada, Rex.

Enquanto eu e Mike nos dirigíamos para o esconderijo alcoólico da biblioteca, pudemos ouvir Rex voltando para as meninas seminuas no foyer.

— Agora, antes que eu permita a entrada das beldades na festa... — dizia ele. — Preciso apenas de uma continha para que provem a afeição de vocês...

Mike balançava a cabeça e ria, mas quando vi nós dois subindo a escada em curva, fiz com que parássemos.

— O que houve? — perguntou Mike.

Apontei para nosso reflexo no imenso espelho dourado que tomava a parede. Tínhamos nos apressado tanto ao sair de casa para a festa — para evitar a câmera nervosa da minha mãe —, que aquela era a primeira vez que via nós dois juntos de corpo inteiro.

Ao meu vestido de melindrosa bordado de lantejoulas num tom suave de cor-de-rosa somavam-se longas luvas brancas e uma sandália prateada de tiras e salto baixo. Minha mãe tinha gastado uma hora encaracolando meu cabelo escuro em cachos que pendiam alguns centímetros abaixo dos meus ombros. Todas as meninas ali provavelmente tinham optado por um penteado cheio de laquê, mas Mike queria poder passar os dedos pelo meu cabelo comprido. E eu me sentia mais segura com meu cabelo solto. As ondas grossas de cabelo castanho emolduravam meu rosto levemente maquiado, e a única indulgência mais chamativa que eu havia me permitido para a festa eram cílios postiços. Pisquei recatadamente na direção de Mike com sua cartola, fraque e camisa de babados, e, pelo espelho, vi que ele piscou para mim de maneira sexy.

De mãos dadas, parecíamos da realeza. O casal perfeito.

Eu ainda não havia decidido sobre como responder — ou simplesmente ignorar — ao torpedo perturbador que meu pai enviara na noite anterior, mas esse vislumbre — de nós dois nas escadas — foi a primeira coisa que fez com que eu me sentisse um pouco melhor em relação à nuvem negra de problemas que pairava sobre a minha cabeça.

Olhem para mim. Olhem para nós. Eu tinha chegado longe *demais* para me derrubarem.

— Estou tão orgulhoso da minha ideia de virmos clássicos este ano — brincou Mike.

Ele pegou a iridescente máscara de plumas da minha mão e ficou girando o suporte antes de colocá-la sobre o meu rosto.

— É, você é um gênio — falei sorrindo ao chegar ao topo da escada para abrir a porta côncava de madeira que levava à biblioteca.

A sala acarpetada era a típica biblioteca feita sob medida para os ricos. Prateleiras que iam do chão ao teto destacavam todos os grandes clássicos do cânone ocidental com seus títulos impressos em letras douradas nas lombadas grossas e gastas. Dois divãs de couro marrom ficavam frente a frente no centro e uma escada de correr conferia ainda mais sofisticação ao lugar. Dava a sensação de que os livros não passavam de cenário para a atração principal da biblioteca, que era, é claro, o armário de cristal com as bebidas próximo às janelas.

Foi uma agradável surpresa descobrir que eu e Mike estávamos sozinhos. Talvez Rex tivesse sido mais seletivo do que eu imaginara em relação a quem teria acesso à informação confidencial. Enquanto Mike desarrolhava uma garrafa de champanhe, me aproximei da sacada à procura de ar.

— A que vamos brindar dessa vez? — perguntou ele, surgindo atrás de mim com duas taças cheias.

Olhei para baixo, na direção do jardim, onde a festa já pegava fogo. Rex providenciara o mesmo toldo de contas de todos os anos. E as mesmas figuras bêbadas agrupavam-se ao redor da piscina. Deveria haver algum tipo de conforto naquela familiaridade, mas naquela noite eu só estava achando chato.

Olhei para Mike e ergui minha taça.

— Um brinde a agitar um pouco as coisas.

— Eu sempre quis agitar com você em uma sacada — sussurrou ele. Largamos nossas taças de champanhe e Mike me tomou em seus braços. Ele me inclinou devagar e sua mão percorreu meu vestido. Joguei a cabeça para trás e dei um gemido. O ar era puro e frio na sacada, mas o calor que emanava de Mike fez com que eu me sentisse tonta, ou talvez fosse efeito do champanhe. As mãos de Mike eram tão quentes, tão firmes, tão familiares, tão...

— Luzes, câmeras, *ação!* — Uma voz anasalada com sotaque do sul nos interrompeu. Olhamos na direção da brilhante lâmpada branca da câmera de vídeo.

— Você não sabe bater? — perguntei, puxando a barra do meu vestido para baixo.

De preto da cabeça aos pés, Baxter Quinn assomava sobre nós com uma câmera apoiada no ombro. Para piorar a minha irritação por ter sido interrompida, não consegui evitar franzir o cenho quando vi que Kate não estava com ele. Seu cabelo claro contrastava drasticamente com as bolsas horrendas sob os olhos. Ele fazia o estilo *junkie* gostoso e estava claro por que Kate o escolhera, ainda que ele não fosse o meu tipo. Ele parecia um vampiro com aquele casaco longo se agitando de leve com a brisa.

— E como eu conseguirei gravar o que é quente se bater? — zombou ele. — Aliás, que eu saiba, o acesso à biblioteca é aberto a qualquer um a quem Rex tenha dado sinal verde.

Arqueei as sobrancelhas e cruzei os braços.

— Os ricos — disse Baxter gesticulando para Mike. — A realeza — continuou ele, virando-se para mim. — E o lenitivo. — Ele abriu o sobretudo preto, revelando uma farmácia completa de pós e pílulas.

Mike assentiu na direção do sobretudo de Baxter.

— Você está tão doidão que esqueceu que essa é uma festa a fantasia? — perguntou.

Baxter tentou brincar socando de leve o ombro de Mike, mas pisou em falso ao esbarrar na mesa de centro e acabou estatelado no divã. Se fosse qualquer outro, eu teria ajudado. Mas já que o próximo tombo de Baxter estava bem próximo, decidi poupar minhas energias.

— Você não reconhece a fantasia? — disse ele para Mike com voz arrastada, ajeitando-se no divã e cruzando as pernas sobre a mesa de centro. — Todo cara sabe que a melhor parte do Mardi Gras é quando as *garotas enlouquecem*. Já que eu levo jeito para filmar, estou assumindo a função. Os peitos mais gostosos estão de fora hoje.

Revirei os olhos, subitamente agradecida por Kate não estar ali.

— Não acredito que Rex tenha dado sinal verde para um porco bêbado e viciado vir à biblioteca.

— Que agressivo, Nat — disse Baxter, inclinando-se da poltrona para tentar correr um dedo pela minha coxa. Afastei-o com um safanão. — Vamos conferir aquela imagem da virilha de novo — disse ele. — Geralmente as coisas não ficam tão pesadas e quentes antes da meia-noite. — Ele mexeu na câmera para repetir algumas cenas. — Até agora a melhor coisa que consegui registrar lá embaixo foi Justin Balmer tropeçando em seu boá.

— Quê? — Prestei atenção. — Preciso ver isso. —O que J.B. está fazendo?

— Pedindo para ser sacaneado, é o que ele está fazendo — disse Baxter, voltando a fita para nos mostrar. — Alguém deveria frear o garoto. Ele está a um drinque de fazer valer o preço do ingresso da festa.

— Sério? — murmurei enquanto eu e Mike nos inclinávamos para ver sobre o ombro de Baxter.

A imagem tremia tanto que era difícil de enxergar muita coisa, mas J.B. definitivamente fazia papel de bobo. Estava à beira da piscina, mostrando um sutiã preenchido com meias que ele devia ter pegado emprestado de uma Bambi qualquer. Ele usava batom vermelho e uma minissaia de couro com meia arrastão — o oposto de refinado.

Estreitei meus olhos.

— Vamos descer — falei.

Mike assentiu, feliz com um motivo que o tirasse de perto de Baxter, mas não sem antes se servir de mais um pouco de champanhe.

— Bolhas para a realeza — disse ele, entregando-me uma nova taça. — Vai saber o que a plebe está bebendo lá embaixo.

— Vocês têm certeza de que não querem posar para a câmera em mais uma cena sensual? — perguntou Baxter. — Posso fazer com que fiquem famosos na internet.

— Tchau, Baxter — falei, deixando-o jogado sobre o divã de couro. — Obrigada pela pré-estreia.

Na escada, eu e Mike paramos novamente em frente ao espelho para mais uma pose. Por que toda vez que eu me via parecendo tão bem a mensagem de texto ridícula do meu pai me vinha à mente?

Comecei a descer as escadas de novo, mas Mike puxou minha mão.

— Não fique muito afastada quando estivermos lá embaixo — pediu ele. — Não quero nenhum mascarado se jogando em você.

— Eu prometo ficar por perto — sussurrei em resposta, olhando mais uma vez dentro de seus olhos escuros.

Na cozinha, passamos pelo bufê com lagostas cozidas; em cima havia uma placa dizendo: *Morda o rabo e chupe a cabeça*. Ficamos parados atrás de um grupo de garotos que estavam reunidos em frente à geladeira. Cada um tinha uma cerveja na mão e um colar de contas na outra. Estavam tentando simular uma percussão muito bêbada batendo nas coxas.

— O que temos aqui? — perguntou Mike.

— Peça e receberá — respondeu um dos meninos, atirando uma fileira de contas para Mike.

Logo formou-se uma fila de garotas diante do grupo. As mãos a postos na barra das blusas.

— E... *ola!* — entoou um dos rapazes.

As meninas gritaram e, uma depois da outra, levantaram as blusas em uma onda que percorreu a fila. Quando todos os sutiãs de renda haviam sido revelados, meninos e meninas foram recompensados com trocas de colares e saliva.

— De novo! — gritaram os garotos.

— Vamos em frente — disse para Mike, puxando-o para a tenda.

Lá fora, pelo menos, a festa estava um nível acima na escala de classe. Uma banda tocava blues antigos de New Orleans em um palco giratório no meio do salão. A maioria dos endinheirados estava enlouquecendo no meio da pista, segurando enormes máscaras com plumas no rosto.

Do bar, Kate acenou usando seu négligé rosa-shocking. Seu cabelo estava preso em um coque alto feito de trança e ela parecia ser a única menina da festa que não tinha se importado em cobrir o rosto com uma máscara. Os saltos enfeitados por plumas batiam no assoalho enquanto ela vinha na nossa direção.

— Vocês parecem dignos da realeza, não? — perguntou ela, dando uma rápida conferida em Mike e assentindo de maneira solene para mim.

— Esbarramos em Baxter lá em cima — falei, vendo o rosto dela se iluminar ao puxar o négligé na altura do quadril. Cheguei para a frente, pus a mão em concha em seu ouvido e falei:

— Parece que ele estava precisando de um pouco de respiração boca a boca.

— Não diga mais nada — ronronou ela para em seguida avançar em direção a casa. Eu não fazia ideia do motivo para ela estar atrás de Baxter, mas ainda assim estava sendo apenas caridosa com os que merecem. Eu não ficaria no caminho. Tinha também coisas mais importantes com as quais me preocupar, tipo, encontrar J.B.

Conferi a multidão, avistando algumas formandas num canto distante. Elas faziam serenata umas para as outras usando seus pesados e coloridos boás. Havia uma grande nuvem de plumas voando sobre vestidos pretos justos de modelos diversos.

— Quer ir dançar com as meninas? — perguntou Mike.

Olhei ao redor para ver o que mais acontecia. Eu adorava dançar e havia algo extremamente sexy no fato de todos estarem escondidos atrás de suas máscaras. Mas por outro lado eu não queria estar escondida quando Mike esbarrasse em J.B.

Uma indesejável mão na minha bunda provava que eu não precisaria mais esperar. Virei e abaixei minha máscara.

— Oh, me desculpe — miou J.B. — Achei que fosse outra pessoa. Uma menina que eu conhecia. Me enganei.

Levantei a mão para dar um tapa nele, mas Mike estava logo atrás de mim.

— Tira a mão — murmurei para J.B.

— Qual é, bonequinha. Você não sabe que o corpo é liberado no Mardi Gras?

— Não fale assim comigo — disse entre dentes, meu estômago se contraindo ao ouvir aquele apelido.— E para sua informação meu corpo nunca estará liberado para você.

— Ei — disse Mike, entrando na conversa. — Balmer, você é uma mulher horrorosa.

— E você não está vestido de acordo — disse J.B. dando uma olhada no smoking de Mike. Pela expressão constrangida em seu rosto, ele parecia finalmente ter percebido o quanto estava ridículo. — Achei que você iria botar pra quebrar que nem eu.

— Mudança de planos — falei, dando de ombros e pensando no que Baxter havia dito na biblioteca sobre J.B. estar pedindo para ser sacaneado. — Parece que você precisa de mais um drinque. Talvez faça você esquecer o quanto essa meia arrastão não lhe cai bem. — Virei-me para uma multidão reunida ao lado da piscina. — Veja — disse, inocente. — Estão brincando de beber cerveja de cabeça para baixo direto do barril. Isso sim parece divertido.

— Você quer brincar? — perguntou Mike.

— Não — falei. — J.B. quer.

J.B. me olhou de cima a baixo. Seus olhos estavam vidrados e bêbados. Não consegui entender por que de repente me senti mais nua do que quando Mike havia puxado meu vestido até a cintura na sacada.

— Bem, isso me soou como um desafio — disse ele.

Em alguns minutos, Mike, Rex e alguns outros do time de futebol tinham levantado J.B. de cabeça para baixo no ar. Suas pernas estavam abertas e a boca se apoiava numa pequena mangueira que saía do barril para beber dali. Não precisei mexer um dedo para que uma multidão se reunisse em volta para assistir.

— Vai! Vai! Vai! Vai! — A festa inteira gritava.

J.B. passou um tempo considerável sugando o barril e eu andei de esguelha para conferir seu rosto inchando por causa da cerveja. Quando ele fez o sinal de misericórdia, os meninos o levantaram para em seguida levá-lo de volta ao chão. Gritos de alegria ressoaram pela festa para celebrar o vitorioso com cara de quem estava passando mal. Fiquei parada ao lado das formandas, esperando que ele fizesse algo grosseiro o suficiente para chocar a multidão. Todos sabiam que Justin Balmer não era nenhum docinho quando ficava bêbado.

— Saiam — gritou J.B., cambaleando na direção dos arbustos. — Eu vou vomitar.

— Que nojento — disse minha amiga Amy Jane Johnson, oferecendo às formandas um gole do antigo cantil que pertencera à sua avó. — Essa brincadeira é tão vulgar. Por que J.B. caiu nessa?

— Não foi isso que você disse quando pegou Dave Smith logo depois da mesma brincadeira no verão passado — alfinetou Jenny Inman, puxando a atípica blusa curta preta de Amy.

— Aquilo foi diferente — disse Amy, abanando-se com sua máscara. — Dave Smith jogava em Wimbledon. Ele tem carta branca.

— De novo! — gritou alguém para J.B. Levantei os olhos e vi as silhuetas de Kate e Baxter entrelaçadas na sacada da biblioteca. — Chama o Raul e enche a cara! — gritou Baxter.

Surpreendentemente, J.B. atendeu mais uma vez ao chamado da bebedeira. Ainda que enojadas como alegávamos estar, eu e minhas amigas comemoramos com o mesmo entusiasmo quando a coisa toda recomeçou.

Depois que os meninos puseram J.B. de pé, trôpego, Rex foi até o microfone e bateu um garfo contra sua taça de cristal.

— Ok, festeiros — chamou. — Como anfitrião da festa, convoco todos a ficarem nus. Na piscina. O mais rápido possível. Vocês têm cinco minutos para se livrarem dessas fantasias horrorosas. — Ele gesticulou para um menino do terceiro ano que usava uma camiseta de lamê dourado. — Encontrem um lugar seguro para suas plumas e ponham esses belos corpos na água. — Para enfatizar, ele segurou uma Bambi pela bunda. — Ordens de Rex, ou saiam daqui agora.

Imediatamente, o clima da festa mudou enquanto todos seguiam para a piscina. Os alunos do último ano demarcaram as espreguiçadeiras como local para deixarem suas roupas, enquanto as Bambies, marinheiras de primeira viagem nas regras das festas de Rex, discutiam se já estava escuro o suficiente para ficarem sem roupa.

Senti a mão de Mike na minha.

— Venha cá — sussurrou ele.

— Nem pensar. Não vou cair pelada na piscina — respondi rapidamente.

— Estou ciente de sua estranha e inexplicável aversão a mergulhar pelada — disse ele, me puxando na direção dos arbustos. — Não era nisso que eu estava pensando.

Segurei a mão de Mike e sorri. Ele escolhera o momento perfeito para um encontro particular no jardim lateral.

Mas, quando chegamos lá, fiquei surpresa ao ver J.B. jogado sobre um corniso. Um manto de musgo espanhol nos separava da festa.

— A segunda vez acabou com ele — disse Mike, parecendo preocupado.

— Ele se deixou levar. Qual é o problema? — falei. — Ele é bem grandinho, pode lidar com um...

— Coma alcoólico? — completou Mike.

Suspirei. A festa na piscina se tornara tão barulhenta que eu mal ouvia meus próprios pensamentos. Se todos já estavam nus, essa festa ia terminar como todas as outras. Se ficássemos ali, agitando um pouco, provavelmente seria uma causa perdida.

Abaixei-me em frente a J.B. Ele parecia completamente catatônico.

— Talvez ele só precise de ar puro — disse eu, enfim. — Vamos dar uma volta de carro, nós três. Quem sabe não conseguimos ressuscitá-lo?

6

Trabalho e transtorno

— Ai, ele é muito pesado — reclamei para Mike minutos depois enquanto rebocávamos o corpo largado de J.B. em direção à estrada. — Por que estacionamos tão longe?

— Acho que não planejamos nada parecido com isso — disse Mike, parecendo despreocupado, como se o seu lado da carga pesasse tanto quanto um boá de plumas.

Ele segurava J.B. pelas axilas, e eu, pelas pernas. Eu cambaleava com o peso, mas isso não me impedia de admirar o quanto nosso paciente parecia verde.

Mike destravou a porta do seu Tahoe. Foi uma boa ideia vir com esse carro em vez do pequeno e levemente gasto Miada que o novo admirador de minha mãe tinha lhe dado de presente.

— Vamos arrastá-lo para dentro — disse Mike.

Deitamos Justin no banco de trás e Mike abriu as janelas para que o ar fresco da noite entrasse no carro.

— Acho que tenho uma garrafa de água na minha mala em algum lugar por aí — disse ele, indo até o porta-malas para procurar.

Mais ou menos sozinha com J.B. por um minuto, olhei para seu rosto. Ele iria se sentir um lixo na manhã seguinte, mas naquele momento parecia tão tranquilo. Mesmo por baixo de toda a maquiagem dava para ver sua pele clara e as sardas que lhe conferiam aquele charme enganador de menino.

Seu batom vermelho fora reduzido a uma mancha insolente que escorria pelos cantos da boca, os cílios postiços estavam colados com rímel e havia purpurina, bem, em todo lugar. Antes de perceber o que eu estava fazendo, passei a mão pela testa dele para tirar um pedaço grudento de purpurina de sua sobrancelha. Afastei uma mecha de cabelo louro dos seus olhos.

E eles se abriram.

— Nat — sussurrou ele. — É você?

— Encontrei! — gritou Mike da mala do carro. Ele deu a volta e entregou uma garrafa antiga com o logo da Palmetto High School decalcado em branco. — Aqui — disse Mike a J.B. — Beba.

— Não posso beber mais nada — grunhiu J.B. — Vou vomitar.

— Não seria a primeira vez esta noite — completei, esperando diminuir qualquer resquício de momento que eu e J.B. pudéssemos ter tido.

— Onde estamos? — perguntou J.B. Ele parecia tão indefeso.

— Levando você para longe da festa — disse Mike.

J.B. assentiu, bebeu desajeitadamente um gole de água e desmaiou no banco outra vez.

Mike riu entre dentes e fechou a porta. Em seguida encostou meu corpo contra ela, acariciou meus cabelos e pressionou seu corpo contra o meu. Eu podia sentir aquele calor familiar me envolver, mas estava pensando em como isso pareceria da janela se J.B. levantasse agora: meu cabelo escuro espalhado pelo vidro, meus braços presos à cabeça e os ombros largos de Mike cobrindo os meus.

Mike me beijou, depois olhou nos meus olhos.

— Para onde vamos? — perguntou.

— Só dirija.

Mike ligou o carro e logo estávamos deixando a entrada circular da casa de Rex e passando pelo que parecia ser uma fileira infinita de carros esporte e utilitários altos.

— É estranho pensar que essa foi nossa última festa de Mardi Gras? — falei, pensando no que ainda estava rolando na piscina. Normalmente eu não saía de um evento até... bem, até ter certeza de que não iria perder nenhuma cena ou fofoca que seriam o assunto da escola na semana seguinte.

— O que você quer dizer com última festa de Mardi Gras? — perguntou Mike. — E ano que vem? E no ano seguinte? Sabe, ouvi dizer que as pessoas comemoram o Mardi Gras *todo* ano.

— Você sabe o que eu quis dizer — falei, puxando uma lasquinha do meu esmalte rosa-claro. Mau hábito. Nunca consegui manter a unha bem-feita por mais de um dia. — É o nosso último Mardi Gras na Palmetto High.

Nossa última festa de Mardi Gras de Rex Freeman. No próximo ano, quem sabe onde cada um estará? As coisas podem ser totalmente diferentes. — Corri as unhas pela nuca de Mike. — Você não tem a sensação de que esse ano inteiro é uma grande *última* vez?

Mike apertou minha cintura.

— Se Rex ouvisse você falando assim, ele daria outra festa de Mardi Gras amanhã. Prometo que o último ano na Palmetto High não significa o fim das coisas. — Ele olhou o espelho retrovisor. — Não é verdade, Balmer? Como você está aí atrás, Balmer?

— Enjoado — grunhiu J.B. — Muito enjoado.

— Não ouse vomitar no banco, Balmer — falei, me virando para trás para ameaçá-lo. — Aqui. Encoste aqui e vamos estacionar.

— Na igreja? — perguntou Mike, parecendo nervoso. — Coitado, ele já fica suficientemente perturbado por ter de frequentar a igreja uma vez por semana.

— Por que não? — Dei de ombros. — O pastor não vai estar patrulhando os bêbados a uma da manhã.

— Não vou à igreja hoje, mãe — murmurou Justin do banco de trás. Ele estava totalmente desorientado.

— Ele disse o que eu acho que disse? — perguntou Mike.

Comecei a rir. Tentei imaginar o tom de voz da mãe de J.B. quando o pegava fazendo o que fosse que infringisse suas estranhas e clementes regras. Durante grande parte da semana, a Sra. Balmer estava provavelmente focada demais em contar dinheiro no seu banco idiota para dar atenção ao que os filhos faziam, mas sempre arrastava as crianças para a igreja aos domingos. Não havia nada mais errado do que ser vista nos bancos da igreja sem a companhia atraente de alguém da família.

— Bem, Justin, querido — falei, imitando a pronúncia arrastada e carregada de sua mãe —, acho que você tem alguns pecados que precisam ser expiados. E existe lugar melhor para isso do que a casa de Deus?

— Nat — alertou-me Mike.

— Estou só sacaneando ele — falei, rindo. — Acredite em mim, ele não se lembrará de nada amanhã.

Mike parou em um lugar próximo da igreja e desligou o motor. Saímos e abrimos a porta de trás do carro.

Eu e Mike levantamos J.B. novamente e o carregamos até o gramado.

— Vamos deixá-lo onde montaram aquela encenação do Natal — falei. — Ele vai ser um menino Jesus perfeito.

— Não — choramingou J.B., ainda parecendo bem confuso. — Mãe, eu não posso ir para a igreja vestido assim. Estou parecendo a vovó quando ela fica de ressaca.

Àquela altura, Mike estava rindo tanto que mal conseguia dar conta da sua parte da carga, mas eu segurei J.B. pelos tornozelos envoltos em meia arrastão e de repente tive uma ideia incrível.

Ele estava praticamente em coma e ainda assim totalmente preocupado com o fato de sua reputação estar em perigo por ter escolhido uma fantasia tão vulgar.

Quem era o culpado afinal?

Dei uma olhada no batom, no boá de plumas e na bota de salto alto de couro que ele ainda usava. E, de repente, vi aquilo tudo com outros olhos. Sob a luz do sol. Uma bela manhã protestante de domingo nascia. E todo mundo que importava ia à igreja — incluindo os tais apuradores de votos da corte da Palmetto High. Tracy *dissera* que alguns deles já estavam questionando a candidatura de J.B. para príncipe. E Baxter *dissera* que J.B. estava pedindo para ser sacaneado aparecendo na festa vestido como uma drag queen.

— Mike — comecei devagar e baixinho —, não seria engraçado deixá-lo aqui?

— Hum, não muito — disse Mike, parando de rir finalmente.

— Pense bem. — Afundei no chão ao lado dele e comecei a passar meus dedos por seus cabelos. — Justin Balmer, o perfeitinho, exposto como um homem que se veste de mulher?

Mike não parecia convencido.

— Qual é — disse, persuadindo-o. — Não fazemos um trote há tanto tempo. Ele provavelmente vai acordar assim que o pastor chegar, bem cedinho. Só vai ter que pedir carona para casa com *essas* roupas, só isso.

— Mas... — Mike começou a protestar quando beijei o contorno de seu maxilar. — Ele mora do outro lado, em West Palmetto — concluiu.

— Exatamente — falei, sentindo o momento se estabelecer por trás do meu plano. — E você quer mesmo dirigir até lá depois de ter bebido?

Mike deu de ombros e abriu um sorrisinho. Eu tinha conseguido convencê-lo. Tinha certeza.

— Acho que pode ser engraçado. Contanto que também deixemos água e nos certifiquemos de que ele tem nossos números no celular.

— Claro — concordei. — Não queremos que isso vá tão longe. — Dei uma olhada para ter certeza de que J.B. ainda estava desmaiado. Confere.

De volta ao carro, peguei a garrafa de água e abri a bolsa para procurar meu batom. Não era tão chamativo quanto o que J.B. estava usando mais cedo, mas pensei que era o mínimo que eu podia fazer para retocar a maquiagem dele antes de o abandonarmos lá.

O carro estava ligado. Mike se virou do banco do motorista.

— Amor, estou ficando nervoso — disse ele. — Ser deixado sozinho e bêbado na igreja. É assustador. Vamos logo, está bem? Vou manobrar o carro.

— Claro — assenti, fazendo-me de namorada compreensiva. — Volto logo.

Estava prestes a fechar a porta quando algo chamou minha atenção. Era o carretel da corda branca de tecido que os King usavam para deixar seus barcos presos à marina. Hum, eu não via por que não podia ser usada para amarrar *outras* coisas. Ainda que Mike só tivesse concordado com isso porque pensou que J.B. acordaria e fugiria antes que a primeira badalada da igreja soasse, talvez fosse mais engraçado dar um pouco de trabalho ao menino. Todo mundo sabe: aqui se faz, aqui se paga, e já tinha passado da hora de J.B. se sentir diminuído. Pus a corda no bolso e corri até o gramado de novo.

J.B. ainda estava esparramado onde o havíamos deixado, a cabeça apoiada na base de uma pequena palmeira. Sempre achei que os presépios pareciam ridículos naqueles bosques de palmeirinhas importadas do sul da Flórida. Agora eu estava prestes a incluir mais uma aberração no terreno da igreja.

Olhei para trás para ter certeza de que Mike tinha dado a volta com o carro. Os faróis da ré brilhavam adiante. Que bom. Provavelmente ele não ia gostar daquela coisa sadomasoquista com a corda. Era engraçado, se J.B. estivesse acordado, ele seria exatamente o tipo de cara que poderia topar ser amarrado. Enquanto eu prendia os pulsos dele com a corda — o que era meio difícil de fazer usando aquelas luvas —, seus olhos se abriram de novo.

Um leve sorriso se espalhou pelo seu rosto.

— O que você está aprontando, menina? — sussurrou ele.

Eu me inclinei, aproximando meus lábios dos dele.

— Nada de bom — falei, apertando o nó que o prendia à árvore. — Agora seja um menino bonzinho e volte a dormir.

— Certo — assentiu ele, tonto, fechando os olhos novamente.

Contive uma risada. Aquela devia ter sido a primeira vez que J.B. me obedecia tão cegamente. Apliquei mais uma camada de batom em seus lábios. O que faltava para completar o visual? Mais um colar de contas? Uma camisinha em algum lugar estratégico? Antes que eu percebesse, estava mexendo nos bolsos dele à procura do toque final.

Bingo.

Minha mão encontrou um vidro de remédio laranja, que tirei com dificuldade do bolso da calça dele. Humm...

Que tal as pílulas secretas da diversão de J.B. esparramadas estrategicamente ao redor do seu corpo inerte na grama? Certo, talvez eu estivesse indo longe demais.

Senti o vidro na minha mão e olhei em direção ao seu rosto. Seus olhos fechados pareciam tão serenos. Mas ele não estava nem um pouco sereno, estava tão chapado que não se lembraria de nada na manhã seguinte.

O mais estranho, percebi, é que eu queria que ele se lembrasse. Queria que ele se sentisse constrangido ao saber que eu estivera por trás de tudo. Ele podia ter começado a nossa rixa, mas eu iria rir por último. Deslizei o vidro de remédio para o bolso do smoking de Mike.

— Talvez isso possa estimular sua memória pela manhã — falei, acariciando o topo de sua cabeça. — Bons sonhos.

7

Nada na vida dele foi tão autêntico quanto o ato de deixá-la

No auge do meu sonho, estou usando minha tiara da coroação e o vestido cru decotado nas costas. Estou parada na entrada do Scot's Glen Golf & Country Club, esperando ouvir o barulho dos cascos dos cavalos que me levarão até meu príncipe.

Tudo acontece tão depressa, tão facilmente, que mal consigo me lembrar de quando anunciaram nossa vitória. Nada disso me incomoda. Será este momento, na carruagem, que marcará o início de tudo.

Quando o coche guiado por cavalos finalmente aponta adiante, ele parece ainda maior e mais reluzente do que eu imaginei. A carruagem é exuberante, tem o formato de um ovo de Páscoa prateado e é decorada com rosas brancas *e pisca-pisca. Até o cocheiro usa uma roupa de montaria clara e, quando desce de seu assento, me cumprimenta para em seguida abrir a porta da carruagem.*

Para minha surpresa, eu começo a correr. E, no meu sonho, os saltos agulha do meu sapato branco não afundam na grama do campo de golfe. Minhas damas de companhia não desprezam minha manifestação pública de emoções. Corro em direção a Mike, em direção à celebração de nosso futuro. Esse passeio de carruagem será referência para todos os futuros passeios de carruagem da corte de Palmetto.

— Milady. — O cocheiro sorri para mim, beijando a luva branca que cobre minha mão.

— Obrigada. — Sorrio com modéstia, assinto e deixo que ele me guie até meu assento.

Puf.

Um sopro de fumaça embaça a visão do que há dentro da carruagem. E então ouço uma voz:

— Mudança de planos, princesa.

Tossindo, abano as mãos em meio à névoa e quando a fumaça se desfaz, meu queixo cai. Justin Balmer está sentado ao meu lado, onde Mike deveria estar.

Ah, o sonho estava tão bom até então. O smoking preto e a gravata-borboleta verde-esmeralda dele pareciam encher toda a carruagem, me sufocando e fazendo com que Justin parecesse imenso.

Quando ele sorri para mim, seus olhos verdes perfuram os meus.

— Eu não deixei você na igreja? — pergunto, segurando-me ao assento.

— *Ah, você vai me encontrar lá novamente.* — J.B. sorri de maneira enigmática. — *Mas eu estava amarrado demais para me divertir e queria lhe dar um conselho.*

Balanço a cabeça.

— *Últimas notícias: vencemos a corte de Palmetto e você perdeu. Tente oferecer suas palavras de sabedoria para os mais patéticos que você, se conseguir encontrar alguém...*

— *Não* — diz ele. — *Essa mensagem é pra você.*

O tom de voz dele faz com que eu levante o olhar em sua direção. Sua boca é uma linha tensa, mas seus olhos estão mais claros, quase como se estivessem sorrindo. De uma maneira estranha, os olhos parecem a única coisa viva em seu rosto. Eles são hipnotizantes e familiares ao mesmo tempo.

— *O que você está fazendo?* — pergunto.

— *Sorrindo* — diz ele. — *Com meus olhos. Lembra?*

Até mesmo no sonho minha mente volta no tempo. Algo sobre seus olhos traz à tona uma memória: J.B. alinhando todas as calouras antes do baile. Ele flertava, tentando atrair todos os olhares de maneira sedutora enquanto nossas bocas permaneciam educadamente fechadas. À medida em que ele percorria a fila, todas as outras garotas davam risadinhas. Eu suava no meu vestido oxford de gola alta. Você me parece familiar. Já nos conhecemos?

— *Você ainda precisa aprender como fazer* — diz J.B., ainda me encarando.

Seus olhos verdes estão cheios de energia, mesmo quando sua pele fica mais pálida e seus lábios, azuis.

— *Você não pode ficar aqui* — digo enfim, puxando a cortina branca drapeada para olhar através da janela da carruagem. *Estou me sentindo claustrofóbica em minha própria carruagem.* — Você precisa ir embora. Mike vai chegar a qualquer minuto.

J.B. balança a cabeça, parecendo cansado de repente. Em seguida sinto outra lufada de ar — gélida, dessa vez — quando Justin deixa de me encarar. Meu corpo treme e sinto arrepios.

— Como eu disse antes — *Justin praticamente sussurra* —, houve uma mudança de planos.

Então ele se recosta em seu assento e fecha os olhos bem devagar.

— Natalie Carolina Hargrove!

Meus olhos se abriram imediatamente quando ouvi minha mãe gritando da cozinha na manhã seguinte. Balancei a cabeça para afastar — não, banir — o sonho, mas fiquei surpresa ao notar que minha pele ainda estava arrepiada. Cobri minha cabeça com a coberta e me enfiei novamente no travesseiro quando minha mãe gritou:

— Os Duke estão aqui. Desça e tome café da manhã com sua futura família.

Pode me matar. Minha futura *família*? Aquilo era um exagero, até mesmo para minha mãe. Talvez ela fosse insistir em levar adiante aquele maldito noivado, mas de jeito nenhum eu um dia consideraria Richard Duke e sua filha porca, Darla, meus parentes.

— Não estou com fome — gritei de volta para minha mãe. Se eu tivesse que ser arrastada para a igreja com os Duke, ficando a mercê do olhar atento de toda Palmetto, havia uma quantidade máxima de tempo de qualidade que eu em sã consciência concordaria em passar com eles. Sabia que tomar café da manhã com o último investimento de minha mãe acabaria comigo mentalmente e eu precisava estar bem hoje quando chegássemos na igreja.

— Precisa se esforçar mais — respondeu minha mãe. Ela abriu a porta do meu quarto e enfiou pela brecha sua cabeça arruivada cheia de bobes. — Você não pode tentar só um pouquinho? — perguntou ela. — Por *mim*? — Seu lábio inferior se curvou para baixo, formando um beicinho exagerado que ficou ainda mais feio por causa do batom opaco cor de malva com o qual ela emplastara a boca.

— Achei que você tivesse dito que iríamos à igreja — falei, tentando absorver o que minha mãe usava. Seu topete com mechas estava tão, tão armado e afofado que revelava a destreza dela com o pente e o laquê, técnica que era a preferida entre seu círculo de bebedores de vinho barato. Seus olhos azuis estavam maquiados com uma sombra prateada que se estendia graciosamente, embora de maneira exagerada, lembrando os olhos de um gato. E o vestido branco e vermelho de bolinhas marcava suas curvas tão confortavelmente que eu podia vê-la treinando aquela respiração especial (curta e rápida, do tipo estou-usando-um-corpete) que ela acreditava que ninguém percebia. Ela estava ótima... para uma peça de teatro cômica. Mas minha pobre e doce mãe, ex-moradora de trailer, ainda estava a milhas de distância de alguém digno de sentar nos bancos da igreja de Palmetto.

— Claro que vamos à igreja, querida — disse ela lentamente, para variar de maneira distraída. — Assim que você controlar sua ressaca e tomar um agradável e saudável café da manhã com os Duke.

Dei um grunhido. Como eu nem havia saído da cama, não tinha muita certeza do grau da minha ressaca e nem do quanto ela iria me atrapalhar — e não queria que minha mãe presenciasse a cena patética que seria quando eu me levantasse. Depois que deixamos J.B. em sua própria versão de presépio em frente à igreja ontem à noite, Mike e eu paramos no Pitch 'n' Putt para mais uma garrafa de espumante a caminho de casa. Pensar em J.B. acordando enrolado em seu boá era algo tão digno de um brinde que precisávamos celebrar. Mas agora, com a minha mãe pairando sobre mim, eu estava com a sensação de que pagaria um preço alto por terminar a noite bebendo um champanhe tão barato.

Arrastei-me até o espelho para conferir o estrago.

Uhhhh, eu estava péssima. Meu cabelo era uma lembrança distante dos cachos da noite anterior, que agora estavam embolados em vários nós sobre a minha cabeça. A cola dos cílios postiços tinha deixado pedacinhos grudentos sobre minhas pálpebras e meus lábios estavam inchados e rachados.

— Bem, seu cheiro realmente diz que você se divertiu ontem à noite — falou minha mãe, segurando seu nariz falso com delicadeza. E suspirou. — Acho que sua mãe lhe ensinou bem.

Minha mãe havia sido miss do condado de Cawdor, um caso verídico de beldade que largou a escola. Quando ela finalmente teve coragem de largar o emprego de garçonete, começou a trabalhar por meio-expediente no necrotério de Charleston, onde ela arrumava os cadáveres cujas famílias estavam arrasadas demais para cuidar disso. Mas nas últimas semanas, seu homem-do-mês enchera sua cabeça com a ideia de expandir o mercado para os vivos. Ela chegou até a mandar fazer cartões de visita com seu nome de solteira, com o inteligente e, provavelmente sem querer, duvidoso slogan:

Dotty Perch: Você nunca vai parecer melhor.

Não preciso dizer que o empreendimento de mamãe ainda precisa decolar, mas depois de dezessete anos sendo a única vítima de seus conselhos sobre "como se embonecar adequadamente para arrumar um homem", apoio totalmente sua jornada à procura de uma clientela mais receptiva.

A vida com o tipo de mãe solteira que eu tenho — ou seja, o tipo que na verdade nunca fica solteira por muito tempo — é um interminável vai e volta entre mãe/filha e melhor amiga. Quando fui beijada pela primeira vez — aos doze anos, nos fundos da loja de iscas e artigos de pescaria, sim, bem ao lado das minhocas —, minha mãe queria saber mais dos detalhes sórdidos do que qualquer uma das minhas colegas na escola.

Infelizmente, ela achava que meu interesse na vida sexual dela era recíproco. Houve um tempo em que ela sempre subia na minha cama quando voltava de manhãzinha de um encontro. Ela se aconchegava e adormecia, dizendo que era muito feliz por sermos melhores amigas. Quando eu tirava o resto de sombra úmida grudada nos olhos dela, nunca tive coragem de gemer alto o suficiente para que ela acordasse.

Isso tudo é para dizer que sempre que minha mãe sintonizava no modo mãe severa e tentava, por exemplo, me obrigar a descer e tomar café da manhã, era difícil levá-la a sério. Às vezes eu gostaria que ela seguisse a minha filosofia de interação com Binky. Escolha de que lado você está e permaneça ali.

Agora mamãe pegava uma escova na minha penteadeira e passava pelo ninho de rato que se formara no topo da minha cabeça.

— Quer que eu faça um penteado em você, querida? Sempre acho que o cheiro de laquê simplesmente arranca a ressaca de mim.

— Está tudo bem, mãe. Vou tomar um banho.

— Certo, gatinha. — Ela beijou minha testa. — Mas não se esqueça...

— Café da manhã em família, eu sei — completei para ela.

Aliviada, minha mãe me lançou sua piscadela dupla e foi para a porta.

— Antes que você saia — falei, revirando os cabides no meu armário —, acho que tenho um cardigã aqui que vai combinar muito bem com o seu vestido. — Puxei o casaco branco que eu havia usado no jantar com os King e com ele cobri os ombros nus da minha mãe. — Perfeito — disse — para a igreja.

Meia hora mais tarde eu descia as escadas em meus trajes de igreja. Ainda estava de ressaca, ainda estava de mau humor por ser arrastada para comer com os Duke, mas pelo menos sabia que, diferentemente de minha mãe, eu estava vestida de acordo com a elite de Charleston que frequentava a igreja. Havia escolhido um vestido com botões azul-marinho, sapatilhas peep-toe, pérolas (é claro) e meias estampadas. Pensei que deveria aconselhar minha mãe a usar um par de meias também, ainda que eu soubesse que ela resistiria porque "Richard gostava de suas pernas descobertas".

Richard Duke. Mais conhecido em Charleston como o endinheirado por trás da bem-sucedida floricultura Duque dos Jasmins. Menos conhecido como Dick, como eu e Mike costumávamos lhe chamar pelas costas... e às vezes na cara dele, mas bem baixinho.

Eu já podia sentir o forte cheiro dos lírios que ele sempre trazia para a minha mãe (não é tão cavalheiresco quando você não paga por elas, Dick). E ouvia a coletânea de jazz desalmada que ele insistia em colocar para ouvirmos.

— Dotty — dizia ele para minha mãe —, você se superou com esse *grits* com queijo. Posso repetir?

Dava para ver a alegria radiante da minha mãe quando entrei na cozinha.

— Sabe, o pai de Natalie nunca gostou deles — disse ela. Os olhos dela encontraram os meus. — Que ele descanse em paz.

Fiquei pálida quando ela disse aquilo, lembrando da inoportuna — e ainda não respondida — mensagem de texto. Ainda que minha mãe dissesse isso a cada vez que mencionava meu pobre e falecido pai, dessa vez estranhamente soou como um mau agouro. Dei uma boa olhada para ela. Será que sabia que meu pai havia deixado a cadeia? Será que ele tinha entrado em contato com ela também?

Mas pelo olhar inocente no rosto dela enquanto observava Dick pegar a última colherada dos *grits*, eu sabia que mamãe não estava a par das novidades. Era quase como se minha mãe tivesse se convencido de que seu marido tinha mesmo morrido em um acidente de barco.

— Aí está você, Nat.

Dick deu um passo para a frente para me dar um beijo. A umidade estava levantando novamente seu cabelo escovado de forma a disfarçar a calvície e ele tinha grits no bigode comprido e recurvado nas pontas. Mas sabia que mamãe ia enlouquecer se eu me esquivasse do beijo dele.

— Vejam só — disse Dick, gesticulando de sua filha para mim. — Duas das maiores beldades de Charleston no mesmo lugar. — Ele pôs o braço ao redor da minha mãe. — Como tivemos tanta sorte?

Darla escolhera para ir à igreja um vestido simples e justo amarelo pouco decotado, que cobria bem os seios. Adicione o cabelo crespo castanho e os lóbulos proeminentes nas orelhas, que ela herdara do pai, e o sonho — tão grande quanto seus peitos — de conseguir se enturmar com a panelinha Bambi de Palmetto era tão possível quanto as tentativas desesperadas de mamãe de conseguir o status de se sentar no terceiro banco da igreja. Minha mãe pelo menos tinha coragem de ir atrás do que queria, mas, em se tratando dos joguinhos de poder de Darla, tedioso era um eufemismo.

— Você foi embora cedo do Rex ontem à noite? — perguntou ela para mim, tomando o suco de laranja por um canudo. — Vi você encorajando J.B. durante a brincadeira, mas não a achei mais depois.

Quem poderia imaginar que Darla estava na festa ontem? Olhei de relance para mamãe e ela estava assentindo de maneira encorajadora, seu olhar praticamente implorando para que eu acolhesse Darla debaixo da minha asa.

— Eu estava cansada — expliquei. — Sempre gosto de dormir bem na véspera de ir para a igreja.

— Falando nisso, aquela terceira fileira enche logo — começou a cantarolar minha mãe, levantando um dedo cuja unha estava pintada de vermelho. — Todos comeram bem?

Peguei uma banana para comer no caminho e numa tentativa desesperada joguei um par de meias-calças em minha mãe antes de seguirmos os quatro para a porta.

— Desculpem, mas no meu Porsche só cabem dois — disse Dick, rindo como se houvesse um trocadilho hilariante escondido ali. — Espero que não se incomodem em ir para a igreja na van do Duque dos Jasmins.

Olhei para a grande van branca com a logomarca da Duque dos Jasmins (uma caricatura de Richard cercado por flores em formato de trombeta) grudada na porta de trás. *Oh, Deus, perdoe minha mãe por fazer algo assim comigo uma semana antes da corte de Palmetto.*

Comecei a pensar se de alguma forma eu merecia aquele carma. Afinal de contas, deixei J.B. à mercê daquela caminhada vergonhosa pela manhã. Era só por causa do cosmos que eu teria que sair da Van das Flores na frente de todo mundo?

Se minha reputação em Palmetto não fosse tão sólida quanto um tubinho de protetor labial no inverno, talvez eu estivesse um pouquinho nervosa. Mas quando Dick saiu da nossa calçada, lembrei a mim mesma que eu estava a centímetros do título de princesa de Palmetto, e esse passeiozinho era somente um exemplo de... como era mesmo o ditado? O que não mata, fortalece.

— Santo Deus — engasgou mamãe do banco da frente quando estávamos a meio quarteirão da igreja. — Em nome de Deus, o que está acontecendo?

Pela primeira vez desde a noite anterior, passou pela minha cabeça que J.B. ainda podia estar lá fora. Eu tinha achado que quem quer que o encontrasse primeiro, iria desamarrá-lo, deixando-o — mas não sua reputação — livre para correr envergonhado para casa.

Mas agora, ao entrarmos no estacionamento, eu rezava para que a brincadeirinha de ontem já tivesse se resolvido. Ou... na pior das hipóteses, se ele ainda estivesse lá, cruzei os dedos para que pelo menos ele estivesse tão fora de si que não se lembraria como tinha ido parar ali.

Peraí...

O que eram aquelas luzes azuis piscando?

O que a polícia estava fazendo na igreja durante o horário nobre dos seus *donuts*?

E por que tinham chamado uma ambulância? Meu coração deu um solavanco e quase parou no banco da frente ao mesmo tempo em que Dick deu um solavanco para parar o carro. Escancarei a grande porta de correr da van para sair. Minha mãe, Dick e Darla estavam logo atrás, mas eu não parei de correr até alcançar a multidão que cercava a palmeira onde tinha deixado J.B. na noite anterior. Àquela altura, meu corpo estava completamente entorpecido.

— O que aconteceu? — perguntei em meio à multidão aos cochichos.

Steph Merritt se virou e pôs a mão trêmula sobre o meu ombro.

— É J.B. — choramingou ela, contraindo o nariz.

Mordi o lábio ao lembrar de uma fofoca de que ela fora vista no banco de trás do Camero de J.B. várias vezes ao longo do semestre. Nunca tive muito respeito por Steph e suas raízes escuras de cabelo.

— O que houve com J.B.? — pressionei.

— Ele *morreu*.

Meu cérebro processou que minhas mãos voaram até as bochechas, mas meu corpo não sentia nada. O mundo tornou-se um lugar bem silencioso com exceção de um som acelerado que vinha de dentro da minha cabeça. Ele não podia ter...

— Ele nunca saía sem seu remédio — disse Steph, chorando e assoando o nariz em um lenço bordado.

E daí que J.B. tinha alguns comprimidos? Eram para se divertir. Eles estavam... no bolso da jaqueta de Mike. Lembrei-me da lufada de ar frio no meu sonho e tremi.

Minha mãe chegou por trás de mim e ficou na ponta dos pés.

— Oooohhhh, J.B., querido, o que aconteceu com vocêêê? — gemeu ela.

Segurei a mão dela e apertei, torcendo para que calasse a boca. *Não faça uma cena, mãe, não faça uma cena. Claro que você é bem o tipo que cairia direitinho na dele, mas esse não é o momento.*

Mas antes que minha mãe conseguisse contagiar o restante da multidão, os paramédicos chegaram com a maca vazia. De certa forma era tão horrível pensar que eles já o levariam embora. Fechei meus olhos com força, tentando não lembrar dos piores momentos da noite anterior. Eu não entendia o que estava acontecendo. Justin. Ele não podia estar morto. Havia alguma confusão, só isso.

Quando toda a congregação arfou ao mesmo tempo, eu abri meus olhos. O corpo sem vida de J.B. tinha sido colocado na maca.

A pele dele tinha a cor de uma contusão antiga, amarelada e sem brilho, e seu cabelo estava grudado na testa. Ele ainda usava a saia de couro preto e a meia arrastão, e o único pé de sapato alto ainda pendia de seu pé.

Olhei para minhas mãos. Eu tinha segurado aquele tornozelo com elas ainda naquela noite — e agora eu mal sentia meus dedos. Mal conseguia sentir qualquer coisa.

Um pouco antes de os paramédicos levantarem J.B. até a ambulância, eu vi a Sra. Balmer. Ela se inclinou sobre o filho, acariciando suas bochechas. Trêmula, ela desenrolou o boá rosa-shocking do pescoço sem vida e o enfiou na bolsa. Em seguida ela se entregou a uma série de soluços longos e difíceis, até que, finalmente, algumas pessoas a puxaram para longe do corpo de J.B.

Eu não percebi que estava prendendo a respiração e de repente achei que poderia desmaiar. Olhava ao redor à procura de um pouco de ar fresco e um lugar para me sentar quando senti meu telefone vibrando dentro da bolsa. Quem poderia me mandar uma mensagem num momento daqueles?

Bonequinha—, não me dê um gelo. Pegue leve com o seu pai e me ligue, ok? Sinto sua falta, filha.

Minha cabeça girava. Não tinha como lidar com meu pai agora. Apertei a tecla de apagar. Apagar, apagar, apagar. Praticamente espanquei o meu telefone para apagar a mensagem. Esse seria meu mantra dali para a frente. Pelo menos até ter certeza de que meu pai havia deixado a cidade. Pelo menos até essa confusão com J.B. ter... se resolvido? Que confusão horrível era essa afinal? Eu não conseguia pensar direito. Não conseguia entender. Eu estava com dificuldade de respirar.

Atrás de mim, ouvi alguém dizendo:

— Isso acabou com a competição para o trono de Palmetto.

E a voz alta de Rex Freeman completou em tom triste:

— Parece que agora é certo você ser o príncipe, hein, King?

Mike. Onde ele estava? Eu precisava dele. Ele precisava de mim. Vacilei. Meus olhos percorreram a multidão para encontrar meu amor meu amor meu amor...

Ali. Mike estava estoicamente parado do outro lado do círculo com seu terno de ir à igreja. Estava ladeado por seus pais, afagando a mão de Diana.

Mas ele olhava diretamente para mim.

Segui na direção dele desesperada, sentindo-me viva de novo, sentindo o sangue circular pelo meu corpo mais uma vez. Meu coração batia com tanta força que achei que minhas costelas pudessem se quebrar. Eu precisava chegar até ele. Mike saberia o que fazer.

Ele balançou a cabeça e estreitou os olhos escuros quando eu me aproximei. Um frio percorreu a minha espinha quando ele murmurou:

— Nat, o que você fez?

8

Confiança total

Na segunda-feira pela manhã, masquei um pacote inteirinho de Juicy Fruit durante os vinte minutos dirigindo até a escola. Com a mandíbula dolorida e sentindo-me enjoada, estacionei no lugar de sempre, sob a palmeira inclinada. Saí do carro e tive que seguir o exemplo inclinando-me na porta para me segurar. O suor escorria pela minha nuca. Como eu ia sobreviver lá dentro?

De repente, ganhei um empurrãozinho da Srta. Cafiero, minha professora bigoduda de álgebra do oitavo período que praticamente me rebocou pelas escadas puxando minha orelha.

— Espere, eu não pretendia... — comecei a confessar.

— Não diga nada — interrompeu-me ela, puxando o jovem do carro ao lado também pela orelha e seguindo conosco em direção ao auditório.

— Não passe pelo ponto de partida, não ganhe os duzentos dólares. Direto para a assembleia. Sigam direto para a assembleia — comandou a Srta. Caf citando estranhamente o Banco Imobiliário.

— Mas eu tenho aula de carpintaria — gemeu o garoto ao meu lado.

— Hoje não, você não tem — devolveu Caf. — Um colega de escola perdeu a vida em um acidente bizarro. Acho que seu modelo de aviãozinho pode esperar.

Um acidente bizarro. Era assim que a escola estava chamando. Era a primeira vez que ouvi uma notícia não assustadora desde ontem de manhã, quando meu mundo inteiro caiu. Eu precisava saber mais antes de entrar. Se pudesse parar rapidamente no banheiro das alunas de terceiro ano para visitar Tracy Lampert...

— Estou apertada — arrisquei com a Srta. Cafiero, falhando ao tentar dar a volta em seus quadris estilo Botticelli.

— Bem, você vai ter de esperar.

A Srta. Cafiero franziu as sobrancelhas, conduzindo-me pelos meus ombros tensos até o auditório. Prendi a respiração e fui em frente.

Assim que cruzei a entrada e entrei no auditório amplo de pé direito alto, fui atingida por uma sensação de déjà-vu semirreconfortante. Eu praticamente tinha amadurecido naquele ginásio. Era um daqueles lugares-coringa, uma gama de possibilidades para qualquer grande evento em Palmetto. Normalmente nos reuníamos ali para celebrar antes do jogo de boas-vindas a cada outono. Nós também nos contorcemos nesses lugares no ano anterior ouvindo o ginecologista esquisito que mandaram do Centro de Controle de Doenças quando uma série de DSTs tomou conta da escola. Até mesmo tínhamos lotado o lugar na noite em que Mike interpretara Marco Antônio em *Júlio César* na apresentação da primavera. Mas eu nunca tinha ouvido um falatório tão alto no auditório quanto o que ouvia naquela manhã.

Todos estavam de preto. Algumas garotas do terceiro ano tinham até véus pretos cobrindo seus rostos. Olhei para baixo sentido-me repentinamente aliviada, pois a minha blusa cinza chumbo de cashmere iria passar pelo traje de luto que de repente todos em Palmetto pareciam estar usando.

E não eram apenas as roupas que estavam me incomodando. A energia do auditório parecia fervilhar à medida que os jovens entravam e saíam de conversas pelas fileiras. Ninguém conseguia ficar quieto no assento. Parecíamos uma colônia de formigas que acabara de ter sido expulsa de algum lugar.

O caos me deixou tonta. Procurei mais chiclete na minha bolsa e lembrei-me que já havia acabado. Meu maxilar latejava. Eu queria Tracy, e queria Mike. Teria realmente que atravessar aquele mar de Bambies choronas para encontrá-los?

Adiante, vi o cabelo comprido de Kate brilhando sob as luzes fluorescentes do ginásio. Caminhei de lado na direção dela e das quatro alunas do segundo ano que estavam à sua volta. Todas compartilhavam uma caixa de lenços de papel, como se fosse um saco de pipoca.

— E se ele tiver ido embora para sempre? — gemeu Kate para as outras meninas. Tive que conferir de novo para ter certeza de que ela estava *chorando*.

— Você precisa se preparar para o pior — intrometeu-se Steph Merritt, ajudando Kate a assoar o nariz.

Minha nossa. De que outra prova aquelas garotas precisavam? Kate mal conhecia J.B. Sei que pode soar estranho eu me sentir protetora em relação à sua morte, mas eu o conhecia. Eu o conhecia um pouco bem *demais*. Será que eu não tinha direito?

— Como é? Ele não parecia morto o suficiente ontem de manhã? — falei de maneira rápida e agressiva. As outras garotas quase deram um pulo de surpresa, mas Kate só fungou sem me julgar.

— Não estamos falando de J.B. — disse ela. — Você não ouviu sobre Baxter?

— O que tem ele? — perguntei rapidamente, olhando ao redor do auditório.

Kate franziu a testa em direção às garotas como quem pede licença e deu um passo à frente para me puxar pelo braço. Ela me guiou alguns passos adiante, em direção a um lugar relativamente mais tranquilo.

— O telefone de Baxter. — Um arrepio percorreu Kate. — Ficou desligado o final de semana inteiro. Sou tão patética, devo ter tentado ligar para ele umas vinte vezes ontem — disse ela olhando para mim. — Ele disse que iríamos estudar juntos.

— Então ele não retornou sua ligação — falei, dando de ombros. — Isso pode significar qualquer coisa. Talvez ele tenha contratado um tutor...

— Mas no sábado à noite... — Seu rosto ruborizou e ela desviou o olhar. — Nós meio que... lá na festa...

Dei um suspiro e esfreguei as têmporas. Eu podia sentir a tensão aumentando no meu crânio.

— Kate, você tem ideia de quantos caras do último ano nesta escola já dormiram com segundanistas e depois as dispensaram? — perguntei.

Kate abriu a boca para responder, mas só balançou a cabeça. Lágrimas surgiram em seus olhos. Eu não pretendia fazê-la chorar, mas normalmente ela era mais durona do que aparentava estar hoje.

— Desculpa — falei, apertando seus ombros. — Eu não quis dizer isso. Só estou pirando por causa de J.B. Eu não deveria...

— Tudo bem — respondeu ela, quieta. — Estou pirando também. Um dos sócios do escritório do meu pai ouviu dizer que Justin estava morto quando o sol nasceu no domingo de manhã. Ele já tinha ido embora quando o zelador ligou para a emergência. Baxter, quero dizer. Estão ligando a morte de J.B. a uma combinação de drogas. Mas... — Ela olhou para cima e seu lábio tremeu. Em seguida me lançou um olhar muito sofrido.

— Mas o quê? — perguntei, sentindo a dormência do dia anterior se espalhar pelo meu corpo novamente.

Kate se inclinou para sussurrar:

— Mas Baxter não veio à escola hoje — disse ela. — E agora os alunos do terceiro ano estão dizendo que ele talvez tenha algo a ver com o que aconteceu.

— Tenho certeza de que não passa de especulação — falei, sabendo muito bem que Tracy Lampert não especulava jamais.

Kate balançou a cabeça.

— Não, estão falando sobre um vídeo que Baxter estava filmando naquela noite. O pessoal do terceiro ano disse que J.B. aparece em uma boa parte do DVD, e se os policiais conseguirem uma cópia...

Ela parou de falar, mas minha imaginação hiperativa começou a funcionar. Kate estava com Baxter na sacada da biblioteca quando ele encorajou J.B. a beber mais. Se ele tinha um DVD cheio de cenas de J.B., quem podia culpar os alunos do terceiro ano por juntarem as peças?

— Onde está esse DVD agora? — perguntei.

Ela balançou a cabeça e assoou o nariz. Kate não sabia de mais nada.

Chegara o momento de abordar uma fonte de informação mais confiável. Subi numa cadeira para ter uma visão melhor do local. Com tantos pequenos grupos de estudantes pranteando amontoados, o auditório parecia uma assembleia de bruxas.

Finalmente, no canto dos fundos, vi Tracy e suas asseclas. Elas cercavam alguém tão de perto que eu não podia ver direito quem... Mike. Bem, dois coelhos com uma única cajadada. Pulei da cadeira e comecei a andar até onde estavam. Mas foi então que ouvi as três marteladas infames do diretor Glass. Ele estava querendo que prestássemos atenção.

Sei que surtos de grandeza não são novidade na escola, mas normalmente ficam limitados aos *quarterbacks* com complexo de deus — não o corpo docente. Mas depois que nosso último diretor fora afastado e confinado à prisão domiciliar, a Palmetto High tivera a sorte de ter um substituto cujo grande sonho de sentar na Suprema Corte havia sido destruído depois de, hum, tentar por cinco vezes passar na prova do tribunal da Carolina do Sul.

Enquanto o diretor Glass estava parado atrás do púlpito com seu terno tweed e sua peruca, estava óbvio que dominar um bando de colegiais com seu martelinho era uma forma de se reconciliar com o que faltava em sua vida.

— Todos sentados — ressoou a voz dele pelo microfone, enquanto ele batia o martelinho até que todos diminuíssem o volume da fofoca para ao menos um sussurro. Eu ainda estava a pelo menos cinco fileiras de Mike e Tracy. Longe demais. Eu *precisava* chegar até eles antes da assembleia começar.

— Sugiro que encontre um lugar.

A Srta. Cafiero surgira do nada para se intrometer na minha vida mais uma vez. Minha paciência com essa moça estava se esgotando rapidamente, mas quando avaliei a possibilidade de passar por ela com os lóbulos das orelhas intactos, desisti e me joguei na cadeira mais próxima.

À minha esquerda estava June Rattler (do inesquecível pôster para a corte de Palmetto em que ela aparecia soprando uma tuba) e à minha direita estava Ari Ang (do misterioso béquer verde). Argh. Eu não conseguiria encomendar um grupinho pior em termos de potencial de fofoca.

— Uma grande tragédia aconteceu neste fim de semana, como muitos de vocês já sabem — começou o diretor

Glass, balançando seu martelinho no ar; um gesto que indicava que aquele discurso seria longo.

Após treze minutos imersa no mais diáfano discurso sobre a santidade da vida, eu estava realmente perdendo o que restava da minha já desgastada sanidade mental. Todos sabiam que a diretoria de Palmetto (chamada de "aquário" por causa das paredes de vidro em torno dos escritórios) sempre vira J.B. como um espinho em suas vidas.

Se o diretor Glass conhecia alguma coisa sobre a escola que estava "dirigindo", ele saberia que Palmetto era o tipo de lugar que se alimentava, se limpava e se curava com os poderes terapêuticos da fábrica de boatos. Se iríamos superar o acidente de J.B., isso aconteceria através das conversinhas sussurradas nos corredores, não sob o martelinho de Glass.

— Concluindo — disse ele de maneira monótona —, preciso ressaltar a importância de seguirmos em frente com nossas vidas.

Ele já precisava elevar a voz sobre o barulho dos estudantes que aproveitavam a deixa para pegarem suas mochilas.

— E é por isso que lembro a vocês que a Feira de Nutrição vai acontecer hoje, na hora do almoço, como planejado. — Depois gritou ainda mais alto, batendo o martelo quando o auditório começou a se esvaziar: — E não se esqueçam de votar no príncipe e na princesa de Palmetto. Vamos lamentar a morte de Justin Balmer, mas continuaremos com nossa vida escolar.

O último pequeno conselho de Glass fora passado para um auditório praticamente vazio. E provavelmente foi me-

lhor assim — ainda que a corte de Palmetto e a morte de
J.B. estivesse bizarramente interligadas no meu cérebro,
eu não queria que o restante da escola fizesse essa relação.

De volta ao corredor lotado, corri para achar Mike.

— Graças a Deus — falei, abraçando-o. — O que Tracy
disse para você? — perguntei apressada.

Opa. Essa não era a primeira coisa que eu queria dizer.

— Quero dizer... como você está?

Mike me olhou de um jeito estranho.

— Você não recebeu meus torpedos? — perguntou
ele. — Precisamos conversar.

Merda. Fechei os olhos. Desde o instante em que
havia recebido a mensagem do meu pai, ontem, tinha
andado apagando todas as minhas mensagens de texto
sem nem ler.

— Desculpe — falei, pressionando meu rosto contra
o peito dele. — Meu telefone... não anda funcionando
direito. Eu não...

Parei de gaguejar quando Mike pôs a mão sobre o
meu ombro.

— Nat — disse ele. Foi quando percebi que ele estava
tremendo.

Mas Mike podia fazer mais supinos do qualquer um
da escola. Ele tinha quebrado três recordes estaduais no
futebol americano como jogador da escola. E nenhuma
vez, em anos assistindo a filmes de terror, eu o vira tremer. Se minha vida dependesse disso, eu poderia jurar
que Mike King não *sabia* como tremer. Mas agora seu
suéter azul-escuro estremecia, então deixei minha cabeça
encostada nele, como se houvesse uma forma de absorver

seu pânico. Levantei o rosto e tentei sorrir ao encontrar seus olhos castanhos. Depois peguei suas mãos largas e fortes nas minhas e as levei até meu coração.

— Amor — falei —, olhe para mim. Me abrace. Me ouça. Nós nem ao menos sabemos se foi nossa culpa o que aconteceu.

Mike engoliu em seco e balançou a cabeça. Segurei o queixo dele entre meus dois dedos e sussurrei:

— Temos que segurar a onda, pelo menos até sabermos mais. Sei que temos que lidar com problemas demais agora. Quando ganharmos na corte, precisamos nos concentrar no discurso da coroação. Precisamos agradecer aos alunos e...

— Coroação? Você está brincando? Esse discurso é o menor dos nossos problemas — disse Mike entre dentes. — Nat, estou enlouquecendo.

— O discurso da coroação *não* é o menor dos nossos problemas — devolvi de mau humor, mas o mais baixo que consegui. — Você não está vendo? Agora é mais importante do que nunca que pareça que está tudo bem.

Mike olhou em volta do corredor.

— Não deveríamos falar sobre isso aqui.

Vi quando ele avistou a salinha do zelador atrás de nós e notei o leve assentir, típico de quando tomava uma decisão por impulso. Ele abriu a porta e me puxou para dentro.

Mas... sempre íamos conversar embaixo das arquibancadas ou na nossa cachoeira secreta. Nunca nos esgueirávamos para dentro da salinha do zelador com suas sinalizações de SAÍDA em vermelho e latas de lixo vazias. Tudo naquele momento estava errado.

— O que aconteceu enquanto eu estava no carro? — perguntou Mike, fechando a porta.

— Nada...

— *Nat* — interrompeu ele.

— Eu o prendi à árvore, mas com bastante folga na corda.

Mike pressionou a testa contra a parede, se afastando de mim.

— Você deu alguma coisa a ele? Alguma droga?

— É claro que não — falei. — Quem você pensa que eu sou? — Comecei a ficar na defensiva. — Na verdade, *tirei* alguns comprimidos do alcance dele. Ele provavelmente iria me agradecer quando fosse encontrado limpo pela polícia.

Mike se virou de repente.

— O que você pegou?

— Eu não sei — dei de ombros. — O que quer que fosse que estava no bolso dele. Só enfiei no bolso da sua jaqueta. Estava com frio. Esqueci. Quero dizer, sua jaqueta está bem aq...

Antes mesmo que eu tivesse terminado de abrir a mochila, Mike havia tirado sua jaqueta de lá e investigava os bolsos. Quando pegou o vidrinho laranja, virou para mim com os olhos arregalados.

— O que foi? — perguntei, como se me fingir de burra anulasse meu erro.

Mike se agachou embaixo da luz vermelha para examinar o rótulo.

— Trileptal — leu, devagar. — Indicações: alívio de lesões dos nervos e prevenção de ataques epilépticos. Tomar uma pílula a cada seis horas. — Estreitou os olhos para ler as letras miúdas: — Procure atendimento médico em caso de não tomar uma das doses.

Mike olhou de relance para mim enquanto colocava a jaqueta em sua mochila. Depois empurrou o vidro de remédio na palma suada e trêmula da minha mão.

E no tom de voz mais baixo que já tinha ouvido ele usando, disse:

— Suma com isso.

9

A coroa inútil

— Mat, juro que se você não ficar parada, eu nunca conseguirei colocar esse cílio postiço e vai ficar tudo torto.

Como eu tinha chegado ali?

Eu estava sentada numa base de vime de frente para a penteadeira iluminada para noivas. O vestiário feminino em tons de pêssego do Scot's Glen Golf & Country Club estava tomado pelas minhas damas de companhia da escola. Amy Jane pairava à minha direita, esperando para colar o último dos vinte cílios postiços individuais nos cantos dos meus olhos. Jenny estava em pé com sua escova modeladora de cerâmica nas mãos. Atrás de nós, ajudantes calouras estavam jogadas sobre enormes almofadas fazendo suas unhas e me implorando com seus olhos delineados que lhes desse algo para fazer.

Era por isso que eu tinha esperado tanto. Mas...

Era tarde de quarta-feira, um pouco antes da cerimônia de coroação do príncipe e da princesa de Palmetto. Na terça de manhã, antes mesmo dos votos serem apurados, a escola inteira sabia que a vitória seria de lavada, mas como deixaram o nome de J.B. nas cédulas em homenagem à sua memória, esperaram que passasse a manhã oficial do luto para anunciar nossa vitória. Ainda assim, não era oficial até o diretor Glass nos chamar em sua sala ontem para contar as novidades com sua bravata estraga-prazeres.

— Agora só falta um rápido discurso de agradecimento de cada um de vocês amanhã — disse ele, o olhar além de nós dois, como se estivesse seguindo um roteiro. — Lembrem-se: ainda faltam dez dias para o baile, então controlem-se até lá. Amanhã teremos apenas uma celebração pequena, íntima e pessoal.

Ele abriu uma lata de Coca-Cola fazendo barulho e dividiu o conteúdo entre três copos de isopor como se estivesse ratificando sua cruzada contra o abuso de substâncias ilegais.

— Ao príncipe e à princesa de Palmetto — disse ele.

— Saúde — falei, erguendo meu copo e mantendo o olhar fixo no diretor Glass para não ter de ver se a mão de Mike tremia.

— Ali — disse Amy Jane, dando um passo para trás para admirar sua obra-prima. Ela segurou um espelho no alto para que eu pudesse ver. — Você está mais bonita do que uma flor.

— E mais mortal do que uma cobra.

Virei de costas. O espelho caiu e quebrou ao bater no chão.

— Quem disse isso? — sibilei.

Por um instante, ninguém respondeu. Em seguida, Darla Duke, de maneira penitente, ficou de joelhos e entrelaçou as mãos.

— Eu não, eu só... — gaguejou ela. — Era só uma coisa que a minha avó costumava dizer: "Parece uma flor, age como uma cobra." Deveria ser um elogio.

As palavras saíram desordenadas da sua boca. Mentiras. Mentiras. Mentiras. Mentiras e dar de ombros inúteis.

— Quer dizer que você sabe como conseguir o que deseja — continuou tagarelando.

— Bem, acho que não preciso lhe dizer o que minha avó me falou sobre espelhos quebrados — intrometeu-se Jenny rapidamente. — Alguém limpe isso.

Olhei para Darla e mantive meu tom de voz baixo para parecer calma:

— Sim, não queremos que ninguém se machuque.

Enquanto Darla e três outras Bambies saltaram para pegar os pedaços de vidro, Kate se levantou e se inclinou na minha direção. Não conversávamos desde segunda-feira, quando ela havia me falado sobre Baxter.

— Está tudo bem? — perguntou. — Você parece um pouco...

— Só estou nervosa — falei. — Com o discurso de agradecimento.

— É claro — assentiu ela, embora a própria tivesse me visto destruir os finalistas da competição de debates no ano anterior. Falar em público era um dos meus pontos fortes. Tinha que ser: como princesa de Palmetto, eu seria a voz oficial por trás do microfone a cada celebração pré-jogo e cerimônia pelo próximo ano.

Enquanto pelo espelho eu assistia a Kate escovando meu cabelo compreensivamente, percebi que ela saberia que eu não estava nervosa por causa do discurso. Ela sabia que eu aperfeiçoara o discurso da minha coroação mais ou menos há um ano, quando Marc Wise e Sadie Hoagland foram coroados. Eu tinha decorado tudo, do tema "orgulho de ser de Charleston" por trás de nossa campanha até a quem agradecer e em qual ordem. Não era por causa do discurso que eu estava nervosa — era por causa do pesadelo que tivera com o passeio de carruagem.

— Oh — disse Kate, interrompendo meus pensamentos. — Sua mãe esteve aqui e trouxe isso. Ela abriu um tubo laranja fosco de batom que minha mãe vinha tentando me fazer usar desde que me maquiara para o recital de piano no quarto ano. Era o tipo de tom que só mesmo os cadáveres de mamãe concordariam em usar. Estremeci.

— Foi o que eu pensei — disse Kate, mostrando um batom de um tom muito menos terrível de rosa cintilante. Ela me mostrou o nome no fundo da embalagem. — Está vendo isso? — perguntou, apontando. O nome da cor era "Princesa".

Mas quando ela passou o batom nos meus lábios e me deu um lenço de papel para que eu tirasse o excesso, tudo em que eu conseguia pensar era o batom que pusera em J.B.

Fiquei gelada.

O batom. A corda nos pulsos. Os comprimidos.

— A carruagem — exclamaram as Bambies do canto. Todas correram para a janela. — A carruagem está aqui! Lá fora!

— Diz que você tem o óleo de massagem de baunilha que eu recomendei — disse Amy Jane, chegando por trás de mim para dar mais algumas borrifadas de spray de cabelo no meu penteado.

Mas não havia óleo de massagem na cena que eu tentava tirar da minha cabeça. Havia só os lábios azulados de J.B. na carruagem e o arrepio gelado que sentira quando ele tinha fechado os olhos no meu sonho.

Houve uma mudança de planos, dissera ele.

Eu precisava sair da carruagem para provar a mim mesma que fora apenas um pesadelo — ou pelo menos que *aquela* parte fora só um pesadelo. Eu precisava ficar em cima de Mike e esquecer um pouco da paranoia sobre J.B. Mas quando me levantei, justamente quando precisava me mostrar forte, eu me desequilibrei nos saltos agulha e desabei na cadeira da penteadeira.

— Jesus, Nat, você está branca como um fantasma. Mais blush! — Amy pediu ajuda. — O que houve, querida? Conte pra gente.

— Eu esqueci que tinha que perder, dar um sumiço... — murmurei, pensando nos comprimidos ainda enfiados no bolso interno da minha mochila. — Mike me disse para dar um sumiço e eu não obedeci.

— Sobre o que ela está falando? — sussurrou Jenny para Amy Jane. — Não entendi.

— Ai meu Deus — disse Amy. — Você e Mike vão brincar de "virgem de novo" na carruagem? Vocês são depravados.

Antes que eu pudesse dizer qualquer coisa para acobertar meu deslize sobre os comprimidos, minhas duas damas de companhia me ajudaram a ficar de pé. Alguns minutos depois, elas estavam me guiando pela porta na direção da carruagem. Percebi que Kate ficou para trás.

— Escute, não vá pirar — disse Jenny, olhando nos meus olhos. — Você e Mike são demais. Não precisa quebrar nenhum recorde escolar lá. Apenas seja você mesma — disse ela.

Amy Jane deslizou algo na palma da minha mão. Era do mesmo tamanho e formato do vidrinho de comprimidos, mas, quando olhei para baixo...

— Sabia que você se esqueceria de comprar o óleo de massagem — riu ela. — Sempre tenho uma embalagem extra.

Devagar, comecei a andar para a carruagem. Não chegava nem perto da carruagem reluzente do meu sonho, o que já era um grande alívio. Era a mesma carruagem de madeira pintada que vinham usando desde tinham criado a eleição para princesa de Palmetto. O cocheiro também parecia bem normal, jeans claro e blazer preto. Mas quando ele abriu a porta e esticou a mão para me ajudar a subir, sua testa estava repleta de rugas.

— Senhorita, me desculpe, mas pediram que eu dissesse — disse ele, mexendo nos botões do blazer inquieto — que ele não vem.

O quê? Enfiei a cabeça dentro do coche forrado de veludo vermelho. Estava vazio.

Olhei para trás, na direção dos rostos das meninas amontoados na janela. Eu não tinha escolha. Acenei como se nada estivesse errado.

— Apenas dirija — disse entre dentes para o cocheiro.

Era um dia muito ensolarado no campo de golfe e eu não conseguia descobrir como descer as persianas dentro da carruagem. Quando passamos pelo décimo quarto buraco, eu já havia roído todas as minhas unhas e estava possessa. Uma bobagem mostrava o quanto eu estava fora de mim: esquecera meu pacote de chiclete Juicy Fruit na bolsa. Eu não tinha nada para me acalmar depois de ter levado um fora de Mike.

Como ele pôde? Na frente do colégio inteiro e das famílias de todos? Eu ia simplesmente matá...

Alguém batia na porta da carruagem. Coloquei o rosto na janela... e o vi. Mike estava correndo ao lado da carruagem para acompanhá-la.

— Pare o coche! — gritei.

Antes mesmo que os cavalos tivessem diminuído a marcha, Mike abriu a porta e entrou.

— Eu sinto muito — disse ele, se inclinando para me beijar.

Ainda estava muito zangada e muito chocada para me mexer.

— Eu tentei ligar. Sabia que você estaria pirando. Eu só... precisava de um tempo para pensar em como superar tudo isso depois... — Segurou minhas mãos.

Fiz um gesto para que ele se calasse.

— Pode rastejar mais tarde, vamos cuidar da preparação mental agora. Temos exatos três minutos antes de entrarmos em sintonia real. — Entreguei a Mike o discurso impresso. — Suas falas estão em azul, as minhas em rosa, certo?

— Hum — disse Mike. — Na verdade...

— Chegamos! — gritei, olhando pela janela, na direção das grades cobertas por vinhas que marcavam nossa entrada. Antes que percebêssemos, o cocheiro abriu a porta. Ele soltou um assobio baixo quando me ajudou a descer.

— Tenho dirigido essa carruagem até a coroação por muitos anos — disse, baixinho. — A proeza que seu par fez hoje foi única, princesa. Não o deixe muito solto, ok?

Olhei para Mike.

— Ah, não deixarei.

No gramado, um tedioso quarteto de cordas começou a tocar, mas logo foi ofuscado pelos gritos empolgados da multidão, chamando nossos nomes e acenando devotamente. Mike não disse nada, só procurou pela minha mão. Caminhamos pelo tapete dourado a caminho do palco.

O mais esquisito foi que tudo parecia exatamente como eu havia imaginado, exatamente como eu construíra na minha mente durante todos esses anos. Lá estava minha mãe, com seu vestido tubinho estampado de jasmins e saltos altos, de mãos dadas com Dick. Do outro lado do palco, estavam os King, sorrindo de maneira contida e usando ternos de seda caros em tons discretos que combinavam. Lá estavam os mais recentes ex-alunos participantes da corte de Palmetto, flanqueando os dois lados do palco, Phillip Jr. e Isabelle entre eles. Lá estavam todos os nossos amigos, vestidos para chamar atenção, os olhos arregalados na expectativa de ouvir nossos discursos — e nossa carruagem exposta na entrada.

A única parte diferente do que eu imaginara éramos nós: o príncipe e a princesa de Palmetto. Estávamos de mãos dadas, mas eu sentia que havia um mundo entre mim e Mike.

No palanque, ele se inclinou para beijar minha bochecha. Seus lábios pareciam secos e ásperos. Fechei os olhos e tentei aproveitar o educado aplauso da multidão.

— Muito obrigado — disse Mike quando os aplausos cessaram.

Ele limpou a garganta e olhou na direção do discurso que eu havia imprimido para ele. Em seguida guardou a cópia no bolso interno do paletó e puxou um guardanapo cheio de anotações. Fiz um movimento para impedi-lo, mas ele segurou minha mão com tanta força que eu faria uma cena se tentasse me mexer.

— Todos vocês já ouviram esses discursos muitas vezes — começou Mike. — Alguns de vocês — disse ele gesticulando na direção dos ex-alunos, atrás de nós — até mesmo já fizeram esses discursos. Então sabem como funciona na prática, e também sabem como eu e Natalie estamos gratos e felizes em aceitar essa honra. — Ele conferiu a multidão e apertou minha mão com mais força ainda. — Mas hoje o assunto é outro e seria errado não falar sobre o falecimento de um bom amigo e um grande homem.

Não faça isso, Mike, não faça isso.

— O homem que deveria ter sido príncipe — disse ele.

Não, ele não fez isso.

— Então no lugar de nossos discursos de agradecimento...

Não, ele não faria isso!

— Natalie e eu gostaríamos de pedir um minuto de silêncio e em seguida iremos direto para a recepção. Nós nos veremos amanhã, no funeral.

Abri minha boca para reagir, mas, quando olhei para Mike, eu soube: tudo que preparamos durante tanto tempo para a corte de Palmetto acabara.

10
Desejos escuros e profundos

— Do pó viemos, ao pó voltaremos.
Na quinta à tarde, ainda lamentando meu discurso de coroação usurpado, fiquei ao lado de Mike no cemitério atrás da igreja. Observamos enquanto os carregadores do caixão desciam o corpo de J.B. até o chão.

— Sempre que enfrentamos uma perda tão trágica e desafortunada — dizia o quase nunca sombrio pastor Clover em seu microfone na lapela — a comunidade fica, literalmente, convulsionada pelo pesar.

Levantei a cabeça ao ouvir a palavra *convulsionada*. O funeral todo parecera tão tedioso e genérico até aquele momento. Clover era conhecido por seus trocadilhos infames durante os sermões. Ele estava mesmo fazendo uma referência ao estado de saúde de J.B.?

Então pensei: será que alguém, além da família de J.B. — e agora eu e Mike — sabia sobre seu estado de saúde? Olhei ao redor para conferir os olhares baixos e as mãos entrelaçadas dos congregados, mas não vi nenhum sinal de reconhecimento em seus rostos. Lembrei de Steph Merritt assoando o nariz em um lenço de papel e citando algo sobre os comprimidos de J.B., mas estava claro que ela não sabia exatamente a verdade. Eu não entendia o que havia na morte que fazia com que todas essas pessoas pranteassem no funeral de alguém que nem conheciam *de verdade*.

Meu olhar recaiu sobre o irmão mais velho de J.B., Tommy, cujos braços amparavam a mãe chorosa. Por um momento, achei que ele observava o padre por sua escolha de palavras, mas em seguida voltou a chover e um mar de guarda-chuvas pretos salpicou o funeral. O cheiro de plástico mofado se espalhou no ar e ficou difícil enxergar alguma coisa além do gigantesco campanário branco se impondo como um marco à nossa frente.

No banheiro, antes do funeral, eu estava arrumando meu rabo de cavalo quando passei por três Bambies reunidas, chorando. Eram garotas que no dia anterior mesmo tremiam de excitação enquanto me viram ser escolhida para entrar na carruagem.

Eu sempre soube que as meninas do Sul podiam ter má reputação por serem melosas demais, mas Palmetto poderia ter tirado uma patente por sua própria marca de artificialidade. Aquelas garotas conseguiam mudar de atitude mais rápido do que de roupa sem sinais de desgaste.

Revirei os olhos para elas no banheiro, mas foi mais porque, embora quisesse, de alguma maneira eu não conseguia chorar por J.B. Na verdade, eu não conseguia fazer muitas coisas naqueles últimos dias. Não conseguia responder ao enervante torpedo do meu pai, ainda espreitando na minha caixa de entrada mental. Não conseguia nem ao menos aproveitar minha coroação — embora Mike fosse o culpado nesse caso. Mas o mais perturbador de tudo era que, por algum motivo, eu não conseguia me livrar daquele vidrinho de remédio.

Eu não ia *engolir* os remédios. Eles eram apenas um lembrete importante de que eu havia nos metido naquela situação, e eu iria nos tirar dela.

Mas enquanto eu observava os homens de terno preto jogando aquela terra preta sobre o caixão preto, amontoando terra por cima de terra para cobrir o grande buraco negro, comecei a me sentir claustrofóbica, quase como se estivesse dentro do caixão com J.B. Meu guarda-chuva pairava como uma gaiola sobre a minha cabeça. A gola do meu vestido coçava e apertava meu pescoço, tanto que eu mal conseguia engolir. Inclinei a cabeça para fora do guarda-chuva, mas a garoa e a névoa estavam tão próximas ao chão que parecia que até mesmo o céu estava desmoronando sobre a minha cabeça. Meu peito se elevou quando sufoquei em meio à chuva. Eu não conseguia respirar.

Mike pôs o braço em volta do meu ombro — me senti sufocando ainda mais — e começou a me guiar de volta para a igreja. Tinha acabado. Vi minha mãe acenando da entrada. Eu não ia suportar ouvi-la perguntar se tinha achado que a coloração de J.B. parecera natural quando o caixão estava aberto.

— Não consigo respirar — disse para Mike. — Preciso de ar.

Ele pegou minha mão.

— Tudo bem, vamos andar um pouco.

— Ainda estou zangada com você — falei.

Ele não respondeu. Vagamos pelo cemitério encharcado até depois das árvores de Chipre e seus galhos cinzentos ondulados, longe do melodrama coletivo. Logo havia apenas o ruído da chuva. Eu sabia onde Mike estava indo. Seus pés simplesmente seguiam para lá, naturalmente.

Paramos em frente ao jazigo de sua família no meio do cemitério. Segui Mike até o mausoléu onde vovô e vovó King estavam enterrados. Eu havia estado ali uma vez, há dois verões, no aniversário de cinco anos da morte do avô dele. O mausoléu já me parecera horripilante o suficiente na época, cheio de vivos em um dia quente e ensolarado.

Agora nos abaixávamos como zumbis para passar pela porta baixa de cimento. E sentamos no banco esculpido em mármore. O cheiro frio e úmido de musgo espanhol preenchia minhas narinas e me fazia espirrar. Eu poderia ter ficado assustada se tivesse parado de prestar atenção aos trovões, mantendo meus olhos fixos no nome KING escrito em letras garrafais na entrada do mausoléu. Mike afagou minhas costas com movimentos circulares. Era difícil ficar zangada com ele ali.

Não falamos uma palavra desde que tínhamos saído do funeral. Na verdade, além de alguns comentários educados para o público na recepção, não havíamos dito muito um para o outro desde o grandioso discurso de Mike no dia anterior. Pensando agora, na verdade não conversávamos desde... bem, desde antes de J.B. morrer.

Eu tinha amigas que ficavam tensas quando acontecia uma pausa na conversa com um rapaz durante um telefonema ou um jantar no MacB's. Eu sempre me sentia mal por elas não entenderem. Mike e eu nunca tínhamos silêncios incômodos; tínhamos silêncios íntimos. Kate me olhava como seu eu fosse louca sempre que eu falava sobre o quanto gostava de ficar quietinha ao lado dele. Mas talvez *esse* silêncio estivesse se estendendo demais, até mesmo para nós.

Abri a boca, certa de que teria algo interessante a dizer, mas quando fiquei por muito tempo com ela aberta Mike disse:

— Gostaria que essa chuva pudesse levar embora tudo o que fizemos.

— Não pode.

Ambos soávamos como robôs.

— Justin está morto — continuei, sentindo o peso daquelas três palavras horríveis encherem o mausoléu. — Nunca poderemos desfazer isso.

Minha mente girava pensando na expressão presunçosa de J.B., em como ele ficava cheio de si sempre que sorria. Eu queria parar de pensar nele, parar de ver flashes de seus olhos verdes. Isso me fez imaginar em que exatamente Mike estava pensando, sem dizer nada.

À minha esquerda, Mike suspirou.

— Talvez tenhamos que confessar tudo.

— Como é? — engasguei, girando a cabeça para olhá-lo.

Mike esfregou os olhos como uma criança que alguém esqueceu de pôr na cama para dormir. Seus ombros pareciam desmoronados.

— Isso está me enlouquecendo. Eu não durmo há quatro dias. Vão acabar descobrindo o que fizemos.

— Não, não vão — falei, virando o rosto para não ter de encarar o quanto ele parecia frágil agora.

— Deixei minha garrafa de água nas mãos dele...

Balancei a cabeça.

— Mike, todos os caras da sua sala usam aquele mesmo tipo de garrafa. E todas as Bambies acham legal comprar uma também. Podemos escapar dessa evidência com facilidade.

— Mas alguém deve ter visto a gente saindo da festa com Balmer praticamente semimorto. O que vai parecer se tentarmos esconder até descobrirem? Vamos falar toda a verdade. Diremos que não era nossa intenção que as coisas ficassem tão...

— Não. — Levantei e comecei a andar.

Havia um quadrado recortado no cimento e por ali dava para ver a igreja, percebi que as pessoas que estavam no funeral se encaminhavam para o estacionamento. Todos voltariam para suas casinhas tranquilas e congestionariam as linhas telefônicas com suas fofocas. Mas se confessássemos, para onde eu iria voltar?

O mundo sem saída do meu antigo estacionamento de trailers? A porcaria do meu passado? Quase conseguia sentir o fedor de peixe podre agora mesmo. Garotas como eu não tinham uma segunda chance. Fato. Meus lábios tremeram e eu podia sentir meus ombros começando a chacoalhar.

Mike deu um suspiro e esticou a mão na minha direção.

— Olha, eu quero ir para a cadeia tanto quanto você.

Quem falou em cadeia? De repente, me dei conta de que Mike não fazia ideia do que se passava pela minha cabeça. Alcancei a mão aberta dele e segurei-a.

— Então vamos consertar tudo, Mike. Vamos conseguir.

Ele olhou para mim.

— Como?

— Começando pela fonte de todas as informações de Palmetto — falei, forçando minha mente a acompanhar minha língua. — A fábrica de boatos. O que ouvimos até agora?

Mike deu de ombros e expirou. Ele nunca se envolvia com a boataria.

— Algo sobre a filmagem de Baxter Quinn na festa.

Dei um tapa na minha testa.

— Você é um gênio — falei, surpresa por me ver rindo apesar da situação difícil em que nos encontrávamos. — Já escolheram nosso homem. Ele continua desaparecido, a propósito.

— Espere... você quer dizer que... — Mike balançou a cabeça, incrédulo. — Vamos culpar o Baxter?

— Por que não? — devolvi, tentando parecer indiferente apesar de sentir minha voz falhar. — É só plantar algumas pistas.

— Calma aí. — Mike largou minha mão e esfregou a testa, do mesmo jeito que fazia quando precisava estudar muito para um teste importante. — Primeiro, acidentalmente, matamos alguém. E agora você quer pôr a culpa em *outra* pessoa?

— Não, não, não — piei, ficando de pé e me colocando entre suas pernas. Esfreguei os dedos, em círculos vagarosos, nas suas têmporas. — Não seria exatamente pôr a culpa em alguém. Você viu Baxter naquela noite. Ele estava distribuindo drogas a torto e a direto. Nós dois ouvimos quando ele disse que alguém deveria cortar a onda de J.B., então, vinte minutos depois, ele aparece comemorando da sacada na segunda rodada de bebedeira de J.B.

— Eu não sei — Mike fez uma careta. — Baxter não é santo, mas também não é um assassino.

— Não precisamos transformá-lo em um assassino. Só precisamos limpar nossos nomes mudando o foco para outra pessoa. Olhe — falei, abaixando minha testa para encostá-la na dele —, não podemos trazer J.B de volta.

Lá estava mais uma vez. A sensação gelada que surgia sempre que eu realmente pensava na morte de J.B. Dessa vez tinha sido tão forte que quase chorei de dor. Mas então vi o cenho franzido de Mike — o que significava que minha janela de persuasão estava se fechando. Envolvi-me com meus braços para superar o frio e me forcei a continuar.

— Tudo que podemos fazer é manter nossas reputações de embaixadores da boa-vontade enquanto nossa escola estiver passando por esse momento de necessidade — concluí, finalmente.

— Acho que você tem razão — assentiu Mike.

— É claro que tenho razão.

— Não é como se Baxter realmente frequentasse as aulas. Se *ele* for expulso... — Ele se interrompeu.

— Exatamente — falei. — Não é melhor nos mantermos de cabeça erguida, deixando que a polícia puna alguém que realmente merece ser afastado? Não podemos ser presos por causa disso, Mike. — Pus a mão sobre o coração: — Agora, mais do que nunca, Palmetto precisa de seu príncipe e de sua princesa.

— Bem — disse Mike, sorrindo discretamente e me puxando para seu colo —, eu sei que preciso da minha princesa.

Parecia que há séculos não ficávamos tão próximos. Eu não podia evitar, então me entreguei aos seus lábios e, pela primeira vez na semana, relaxei.

— Alguma coisa está me cutucando e não sou, hum, eu — disse Mike, se ajeitando por cima de mim sobre a placa de mármore. Ele apontou para a minha cintura. Quando percebi o que ele ia fazer, segurei sua mão.

— Não — falei.

Ele se livrou de mim e estendeu a mão em direção ao bolso da minha capa de chuva.

— O que você tem aí? — perguntou rapidamente.

Quando ele puxou o vidrinho de comprimidos de J.B., seu rosto se contorceu como se tivesse comido algo estragado.

— O que você ainda está fazendo com isso?

— Eu não sei — gaguejei. Por que eu não conseguia dizer apenas a verdade a Mike? Ah, sim, porque parecia *loucura*.

— Eu também não — disse ele, incrédulo. — Pensei que tivéssemos combinado que você iria sumir com isso. — Ele levantou e passou os dedos pelos cabelos. — Você age como se tivesse tudo planejado, mas não consegue nem ao menos esconder a mais óbvia das provas? E se alguém vir isso com você?

— Não dá para eu me livrar dele em casa — falei. Mike sabia muito bem que desde que minha mãe começara a transar com Dick e se dedicara a adubar seus jardins, fazia com que a empregada selecionasse nosso lixo como uma catadora de lixo. — Só estou esperando pelo local certo para me livrar delas. Vou cuidar disso, eu prometo.

— Se estragarmos isso...

Inclinei-me para colocar uma mão sobre a sua boca.

— Você me ama? — perguntei.

— Qual é... — suspirou ele, sentando de novo.

— Você me ama? — disse de novo, prendendo a respiração.

Mike olhou para cima com aquele sorriso de "não é óbvio?" e disse:

— Acabei de agarrar você no mausoléu do meu avô quando temos de tentar encobrir um homicídio — disse ele beijando o topo da minha cabeça. — Eu devo ser, literalmente, louco por você.

O alívio inundou meu corpo.

— Então não podemos estragar tudo — falei. — Temos que ficar firmes, e unidos. — Sentei-me novamente no colo dele, lançando os braços ao redor de seu pescoço. — Vou falar com Tracy na segunda pela manhã. E... vou me livrar dos comprimidos. Você precisa descobrir mais sobre o DVD de Baxter com os rapazes.

Antes que Mike tivesse a chance de parecer nervoso de novo, sentei em seu colo com as pernas abertas, puxando meu vestido preto até a cintura. Enrolei minhas pernas em volta do seu corpo, tomando cuidado para o vidrinho não ficar no caminho mais uma vez. Então inclinei-me para sussurrar em seu ouvido:

— Você precisa querer isso tanto quanto me quer.

Mike suspirou, os lábios nos meus cabelos. O calor do seu hálito no meu pescoço era tão reconfortante.

— Certo, Nat — gemeu com suavidade. — Vamos jogar a culpa para cima do Baxter.

11

Em conflito com a manhã

No domingo de manhã estava deitada em minha cama de dossel cercada pelos restos de um dos projetos de travesseiros com babados de minha mãe — e pelos fantasmas do meu passado cheio de testosterona. Em uma das mãos eu tinha o vidrinho de comprimidos de J.B., na outra, meu celular aberto na terceira mensagem de texto do meu pai que eu não havia respondido. Dois homens dos quais eu achava ter me livrado, dois sinais de que eu estava, sem sombra de dúvida, enganada. Olhava de uma coisa para a outra, sentindo-me completamente presa entre as duas.

Se eu fosse forte como havia desafiado Mike a ser, não poderia dar a esses homens um passe livre para me perturbar. Não. Eu tinha de perturbá-los.

Lembrando a mim mesma que eu estava apenas revendo — não realmente quebrando — o voto de silêncio que fizera em relação ao meu pai quando ele fugiu da cidade, apertei o botão 'escrever' no telefone. Precisava enviar o tipo de mensagem que não teria tido coragem de escrever naquela época, quando o voto de silêncio era o mais longe que eu poderia chegar.

Me poupe da encenação "Papai voltou" e diga logo o que quer.

Tentei imaginar como seria a reação dele, a forma como as rugas se formariam ao redor de seus olhos cinzentos — mas o objetivo era não pensar nele. O objetivo era pensar em mim mesma.

Enviar.

Levou um instante para que eu percebesse que meu coração não estava acelerado. Eu estava calma e controlada. Certo. Um problema a menos, outro na fila.

Meu pai vinha me assombrando porque eu estava deixando. Agora, com o caixão de J.B. ainda fresco na terra, eu só esperava poder deixá-lo descansar também.

Eu havia passado na última semana tateando o vidrinho de remédio controlado e acho que as palmas das minhas mãos andavam mais suadas do que de costume porque a etiqueta da embalagem começava a se soltar. Puxei o adesivo e, antes que percebesse, a etiqueta inteira saiu na minha mão.

Ah, merda. Será que eu tinha multiplicado as provas? Ou... tinha ficado mais fácil me livrar daquilo? Minha mãe tinha uma máquina de picar papel no andar de baixo (o melhor amigo de uma mulher divorciada, ela gostava de dizer), mas eu não podia arriscar. Era melhor eu mesma ser o triturador.

Corri até o banheiro e me debrucei sobre o vaso sanitário cor de salmão, cortando a etiqueta em pedacinhos. Eles caíram na privada como penas e logo eu não conseguia identificar mais a palavra epilépticos.

Durante a semana inteira, fiquei imaginando se alguém em Palmetto deixaria escapar os detalhes sobre a condição de J.B., mas a verdadeira causa de sua morte continuava parecendo um grande mistério. Acho que não me surpreendia. Do jeito que a família de J.B. era obcecada pela fachada sulista de perfeição, eles deviam ser exatamente do tipo que iriam querer manter as convulsões dele em segredo. Talvez, ao dar a descarga, eu estivesse simplesmente seguindo o desejo deles.

Agora sobre os comprimidos. Tudo que eu precisa fazer era jogá-los na privada também. Assim que a água tivesse retornado, eu simplesmente viraria o vidro de cabeça para baixo e me livraria deles.

Meu pulso pairou sobre o vaso. Eu estava tremendo... certo, agora minhas mãos tremiam muito mesmo.

Eu não podia fazer aquilo.

Dobrei meu corpo na direção do vaso e segurei a cabeça com as mãos. Eu tentara parecer tão calma ontem na frente de Mike, mas ali, sozinha, acho que ainda não conseguia aceitar o que tinha feito. Esses comprimidos eram tudo que eu tinha de J.B. e talvez precisasse me livrar deles de uma maneira mais cerimoniosa. Em alguma espécie de homenagem em vez de dentro de um banheiro. Como o terapeuta que mamãe me levou ver quando papai fora embora costumava dizer: Tudo era uma questão de encontrar seu próprio final. Qual seria exatamente o formato daquele final? Isso eu ainda não sabia.

— Natalie.

Merda. A cabeça da minha mãe apareceu na porta do meu quarto. Em segundos, ela estaria perto o bastante para ver o que eu estava segurando. Escondi os comprimidos e o vidro no bolso do meu casaco de moletom e me virei.

— Os Duke estão aqui. Pegue seu casaco, estamos indo — disse ela, ajeitando sua blusa cor-de-rosa cortada sobre a calça corsário com estampa xadrez rosa e amarela.

Gemi ao me lembrar. O "dia feliz em família" com os Duke essa semana ia ser bombástico. Outro dia, Dick declarou que estava à procura de uma nova propriedade em Cove — do mesmo jeito que diria que estava à procura de um chapéu — e agora todos precisávamos participar da caçada à casa.

Para minha mãe, aquele era um dia para apostar e esperar conseguir tirar algo dele — o que, pelo que eu sabia sobre Dick, provavelmente não acontecia com frequência no quarto. Para mim, o dia significava sofrer calada.

Mas antes que minha mãe conseguisse me tirar do quarto, alguém bateu na minha porta, de forma tímida. Darla enfiou sua cabeça de rato na fresta.

— Hum, Nat — disse ela, parecendo nervosa —, será que você... eu deixei cair um pouco de iogurte na minha blusa. — Ela mostrou a camiseta baby look azul clara para mostrar que era verdade. — Meu pai achou que talvez...

— É claro que Natalie tem algo para lhe emprestar — intrometeu-se mamãe, pousando a mão sobre o ombro de Darla como se aquele fosse um momento família. — Não é verdade, Nat?

A boca de Darla ficava permanentemente aberta, e fazia com que ela se parecesse com um dos peixes empilhados no cais de Cawdor. Não era exatamente o tipo de gente que eu queria ver usando algo do meu guarda-roupa enquanto dirigíamos até Coveted num dia de sol. Algo mais vagabundo faria mais o estilo dela, de qualquer forma.

— Aqui — falei, começando a tirar meu moletom da escola —, você pode usar isso. — O tilintar suave do vidrinho no meu bolso me fez congelar e fiquei com metade do casaco para fora da cabeça. — Na verdade — continuei, apressada —, pode pegar o que quiser no meu armário.

Minha mãe levantou uma sobrancelha na minha direção.

— Você vai usar isso? Para sair? Mas você é tão linda. — Ela deu um passo à frente para me ajudar a tirar o moletom velho, mas eu me afastei.

— É obrigatório para as princesas de Palmetto — menti. — Eu devo demonstrar espírito escolar ao menos três vezes na semana. — Dei de ombros. — Uma daquelas coisas que ninguém conta antes de você ser coroada.

— Oh — assentiu minha mãe. — Sendo assim...

Ela se virou para Darla, que enquanto isso havia se enfiado no vestidinho verde-esmeralda que eu usara no pré-jogo há três quintas-feiras. Era um vestido de grife. Eu ainda estava recebendo elogios por causa dele e agora Darla ia enfiar seus peitões ali? Estreitei o olhar na direção dela, mas ela só me devolveu aquele sorriso idiota de boca aberta.

— Posso mesmo? — perguntou ela.

Minha futura meia-irmã me deixara em um beco sem saída da moda. Eu podia sentir que mamãe prendia a respiração esperando pela minha aprovação.

— É claro — respondi finalmente com doçura. — Embora ele realmente fique melhor se você estiver de saltos. Eu emprestaria minhas sandálias de tiras de pele de cobra, mas acho que seu pé é maior que o meu. Que pena.

Na Van das Flores, afundei-me no assento enquanto Dick saía do nosso bairro. Todos juntos na van mais uma vez.

— Darla ficou muito impressionada com as notícias de Palmetto — disse ele. — Ela está escrevendo um editorial para o jornal da escola. Como você está lidando com isso tudo, Nat?

Mal dava para ver o bigodão inteiro de Dick pelo retrovisor e eu podia sentir que ele tentava me encarar pelo espelho. Mas nem morta eu deixaria que ele visse meu olhar de bichinho assustado. Senti um calafrio e puxei meu moletom com força ao meu redor, fingindo estar entretida com o trânsito lá fora.

— Oh, é horrível — apressou-se em dizer minha mãe. Ela se virou no banco da frente para pôr a mão sobre o meu joelho. — Natalie e Justin eram grandes amigos.

— Vocês eram? — perguntou Darla, erguendo o olhar que passou da minha mãe para seus peitos transbordantes para poder me ver. Seus peitos estavam ligeiramente mais contidos no busto conservador do meu vestido.

Por que minha mãe tinha que dizer aquilo? E daí que *uma* vez, há muitos anos, durante uma sessão de fofoca entre mãe e filha na cama eu deixei escapar que não conseguia esquecer J.B.? Eu nunca sairia contando os detalhes dos casinhos da minha mãe na frente dos Duke. Algumas confidências deveriam ser mais sagradas do que aquilo.

E agora eu me via forçada a dar de ombros.

— Na verdade não, só tínhamos os mesmos amigos.

— Bem, você ouviu o que andam dizendo sobre Baxter Quinn?

Como uma flecha, minha cabeça se virou da janela para Darla. O que ela sabia? Eu ia mesmo estragar minha pose blasé e despretensiosa para perguntar a Peitões sobre as novidades?

Espere... só porque eu estava descontrolada não significava que o restante do mundo estava de cabeça para baixo. Ali estava Darla com seu lábio inferior pronunciado e sua falta de queixo, o cabelo crespo que precisava ser lavado e borrifado com spray de brilho. Ela não sabia nada. E, é claro, ela estava olhando para mim.

— Para ser sincera — falei, finalmente —, estou de saco cheio de conversar sobre isso.

Darla assentiu, toda desculpas.

Àquela altura, a Van das Flores fazia a curva em uma avenida cercada por carvalhos em direção a Desejada. Eu conhecia bem essa região; estávamos a caminho de um recanto elegante onde tanto Rex Freeman quanto Kate Richards tinham casas de fim de semana. Eu sabia que se passássemos da curva para onde a enseada se inclinava em uma fina península de pinheiros, eu conseguiria ver a casa de Mike do outro lado da baía.

Ele também não gostava de Dick, mas sempre era muito legal com Darla. Acho que ele pensava que estava me fazendo um favor, mas me incomodava a ponto de eu nem me preocupar em contar que estaria presa com os Duke o dia inteiro.

— Acho que você vai gostar dessa, Dotty — dizia Dick, correndo o dedo pela alça do sutiã da minha mãe, que havia escorregado até o braço. Mais uma vez ele me olhou pelo espelho retrovisor, seu bigode reluzindo sob o sol. — Você é exigente como sua mãe, Nat?

Dessa vez, sustentei o olhar dele pelo espelho.

— Vamos dizer somente que eu e minha mãe temos gostos muito diferentes.

Seus olhos se voltaram para a estrada novamente enquanto parava em uma vaga em frente a uma casa de três andares pintada de amarelo-claro. Todas as casas que eu vira na enseada eram mansões com grandes colunas brancas na entrada, rodeadas por uma varanda e persianas de madeiras pintadas. Ao olhar para as casas alinhadas à beira da água, era de se pensar que o estilo fosse um tipo de lei de zoneamento. Mas não aquela casa. Aquela *hacienda* tinha paredes de estuque amarelo e um telhado de azulejos mexicanos roxos e vermelhos. Era enorme. Era abominável. Chamava mais atenção do que um dedão inflamado. Destacava-se de uma forma tão ruim quanto só o dinheiro de novos ricos é capaz de fazer.

Mas, aparentemente, minha mãe discordava. Quando saímos do carro e olhamos para a monstruosidade, ela lançou os braços ao redor de Dick, cacarejando e chutando o ar. Minha mãe era uma Julia Roberts rechonchuda

— *¡Ay caramba!* — disse mamãe rindo. A cabeça de Dick caiu sobre o colo dela quando ela murmurou, brincalhona: — *¿Mi casa es su casa, señor?*

Quando eles se lançaram em um beijo molhado e nojento, encontrei o olhar de Darla. Por um momento, pensei em revirar os olhos, de maneira solidária. Afinal de contas, ela podia não ser da elite de Palmetto, mas a Peitões estava no mesmo barco que eu quando se tratava do constrangimento provocado pelos pais. Por que não podíamos trocar alguns olhares mortificados?

Mas então, percebi Darla olhando da minha mãe para mim repetidamente — como se estivesse nos avaliando. Ela levantou a cabeça na minha direção e murmurou:

— Hum.

— O quê?

— Você tem os mesmos trejeitos da sua mãe. Essa coisa de abraçar e girar, você fez isso uma vez na celebração pré-jogo.

Antes que eu pudesse responder à minha futura meia-irmã esquisita, minha mãe, aquela que tem os mesmos trejeitos que eu, enlaçou seu braço no meu e começou a caminhar comigo na direção da casa.

— Richard disse — sussurrou ela no meu ouvido — que se *realmente* gostarmos dessa, ele vai me dar como presente de noivado.

Meu queixo caiu.

Eu sei — disparou ela. — Isso *quer dizer que*...

Você vai mesmo se casar — completei. — De novo?

— Bem, sim. — Deu de ombros. — Mas o que estou dizendo é que... o presente dele, no *meu* nome... uma casa inteira, no lado bom da enseada? — O tom de voz dela subiu um pouco. — Você não entende, Natalie? — Ela me encarou e pôs as mãos nos meus ombros. — Oh, um dia você vai entender. Mesmo que as coisas não deem certo com o Duke...

Ela olhou na direção de Dick, que estava abrindo a porta da varanda no andar de cima.

— Você viu o bar dentro da piscina lá atrás, Dotty? — chamou ele.

— Oh, Richard.

Minha mãe se lançou na direção dele, me deixando sozinha na entrada da casa. Todo aquele papo da minha mãe de estou-subindo-na-vida-para-lhe-dar-o-melhor não era novidade. Só que, dessa vez, eu já havia passado por bastante coisa e conseguia enxergar além da situação.

Era estranho, mamãe parecia tão feliz. E, Deus sabe, houve dias em que eu não imaginara que ela chegaria lá. Quando meu pai deixou a cidade no início do meu sétimo ano no colégio Cawdor, mamãe parecia ainda mais desesperada e perdida que eu. Passei grande parte do ensino fundamental ajudando-a nos complicados intervalos entre o revezamento de empregos, namorados e garrafas de vinho. Chegou a um ponto em que eu era tão necessária para curá-la dos porres, que nem tinha tempo para ter meus próprios problemas. Ela vomitou, eu amadureci. Quando me transferi para Palmetto, já havia passado por mais drama do que grande parte das formandas.

Agora, ali estava ela, depois de quatro maridos e prestes a ganhar sua segunda mansão multimilionária— simplesmente por causa do seu estranho poder de persuasão feminino. Talvez minha mãe fosse meio vagabunda, mas não era idiota. Ela havia descoberto o próprio segredo valioso: a segurança não vinha por meio de um homem que a "amava"; vinha das coisas que isso lhe garantia — e que eram colocadas no nome dela.

Eu não *podia* terminar daquele jeito.

— Querida, venha ver o labirinto — chamou minha mãe do quintal.

Suspirei e comecei a andar pela lateral da casa, assim não precisaria me assustar com a decoração lá dentro. Mas, antes de chegar ao labirinto, vi Darla se inclinando sobre a balaustrada e conversando com Kate Richards. Eu estava tão consumida por aquela casa pavorosa que nem tinha notado que estávamos a apenas duas casas da casa da família de Kate no lago.

Eu estava prestes a circundar a magnólia, quando ouvi a voz de Darla:

— Nat sugeriu que eu pegasse esse vestido emprestado — mentiu ela, alisando o tecido na parte em que ele enrugava por causa dos seus peitos. — Nossos pais estão *juntos*.

— A mãe de Nat Hargrove e o seu pai? — perguntou Kate em meio a uma risadinha gutural. Fiquei incomodada ao ver que de repente ela parecia interessada. — E você está se mudando para a casa ao lado? Nat está aqui com você?

Darla assentiu.

— Mas não fale sobre Baxter ou J.B. ou qualquer coisa. Tipo, *todo mundo* está falando sobre isso com ela — disse

Darla, assentindo com um ar de quem sabia das coisas. — Já que ela é princesa. Ela está meio de saco cheio...

— Oh, oi, Kate — falei, chegando até elas pelas costas. Seu cabelo de Rapunzel estava embolado num coque bagunçado. Onde a camiseta sem mangas dava espaço para o jeans, eu podia ver a tatuagem de coração cor-de-rosa em seu quadril. — Alguma notícia de Baxter? — perguntei.

Kate levantou uma sobrancelha na direção de Darla, depois se virou para mim.

— Na verdade — suspirou ela —, ele finalmente entrou em contato.

Lutando contra a vontade de segurá-la para ouvir os detalhes, ergui meu corpo calmamente sobre a varanda e disse, bem devagar:

— É mesmo?

Kate se inclinou para a frente.

— Ele pediu desculpas por sumir. Disse que provavelmente iremos jantar ou algo assim em breve.

Seu tom de voz continha a inconfundível urgência feminina de contar as últimas novidades — e de ouvir como resposta que aquelas notícias eram boas. Dei um suspiro. Aquela não era a Kate decidida de quem eu tinha ficado amiga no ano passado. Você acha que conhece uma menina e então ela perde a virgindade numa festa de Mardi Gras e amolece.

— Isso é ótimo, querida — piei. — E ele mencionou alguma coisa sobre a noite em que desapareceu?

Ela sacudiu a cabeça.

— Ele jura que é inocente. Diz que logo vai provar isso, mas não me disse onde esteve ou quando vai voltar.

— Mas... então ele vai voltar? — perguntei.

Pelo jeito que ela olhava para mim, o cenho franzido e o olhar ansioso, eu podia dizer que Kate estava mal. Senti pena dela, de verdade. Nenhuma garota sonha em ver sua paixonite desaparecendo logo depois da primeira vez dos dois. Mas ela precisava mesmo sair daquela situação. Nem no seu melhor dia Baxter chegava perto de merecê-la. Para completar, eu precisava de alguém lúcido e imparcial para me informar sobre o paradeiro dele.

Se eu conhecia Baxter, onde quer que estivesse, ele provavelmente planejava uma volta triunfal assim que surgisse uma oportunidade. Se ele já estava falando sobre sua inocência e alegando ter provas disso, essa volta triunfal soava menos do que promissora para mim e para Mike.

Talvez as coisas não fossem tão fáceis quanto eu havia imaginado. Podia ouvir meu coração começar a retumbar no peito, mas a única coisa que eu podia fazer era canalizar essa energia para algo produtivo.

— Você deve estar tão preocupada — piei, balançando a cabeça — por não ter ideia do que fazer para ajudá-lo. Se você pelo menos soubesse onde ele está, talvez houvesse algo que pudéssemos fazer.

— Posso continuar tentando descobrir. — Kate soava esperançosa só de pensar em ajudar Baxter. Darla começou a arrastar os pés.

Pus uma mecha solta de cabelo de Kate atrás de sua orelha.

— Aconteça o que acontecer, você sabe que ficarei feliz em ajudar — falei, com doçura. — Me mantenha informada. O que você descobrir, o que você precisar, venha conversar comigo.

— É claro — assentiu Kate. — Obrigada.

— Meninas — chamou Dick da varanda do andar de cima —, subam para conhecer.

Tanto ele quanto minha mãe pareciam ruborizados. Eu nem queria pensar no que eles estavam fazendo na suíte. Normalmente, sempre que eu pensava em outras pessoas transando, via um flash no qual o corpo de Mike estava sobre o meu na cama, seguido por uma sensação latejante que vinha de dentro. Mike e eu chamávamos de visão inebriante.

Mas naquele dia alguma coisa estava diferente. Quando minha mente se voltou para os olhos de Mike, eles não pareciam conter nenhum desejo. Pareciam assustados.

Se eu quisesse ver o desejo nos olhos de Mike, não o medo, precisava conseguir inocentar nossas coroas e nós mesmos. Quando olhava para Kate, não podia deixar de pensar em Baxter. Mike e eu estávamos perdidos até que soubéssemos o suficiente sobre a carta na manga que o drogadinho tinha. Só assim poderíamos impedi-lo de usá-la.

12

Som e fúria

Na segunda pela manhã, os boatos haviam se espalhado rapidamente. O longo circuito de fofocas da escola era outra tradição antiga de Palmetto. No início de cada semana, todos a par de novidades (vagamente definidas e variando de "X transou com Y" a "Adivinha quem passou a noite na cadeira de novo?") passavam o que sabiam em um pedaço de papel — bônus para quem tinha alguma criatividade. A graça estava em ver até onde a fofoca chegaria ao fim do dia... e quão distorcida poderia terminar. Já que qualquer um podia adicionar ou revisar o que circulava, a fábrica de boatos era como a filha bastarda da Wikipédia com aquela brincadeira de telefone sem fio.

Ninguém sabia quem começava a fofoca, nem quando ou por que até agora não tínhamos modernizado os antiquados bilhetinhos de papel para qualquer coisa um pouco mais tecnológica. Mas todo e qualquer aluno da escola amava a fábrica de boatos (e ocasionalmente amava odiá-la). Então, apesar das exaustivas tentativas do corpo docente em tentar erradicá-la, eu acreditava que a fábrica de boatos iria durar mais do que todos nós.

Eu realmente não esperava passar meu primeiro dia oficial como princesa da Palmetto mitigando fofocas que tinham a ver comigo, mas ali estava eu, na aula de História Europeia do primeiro tempo, conferindo os bilhetes que circulavam.

Verdadeiro ou falso: A princesa Nat e Darla Peitões vão dividir o beliche na baía?

Alguém tinha desenhado uma seta embaixo do nome de Darla e escrito:

Então é por isso que as casas estão desvalorizando na enseada.

Minha vontade era circular de vermelho "falso" e falsificar a letra de alguém para dizer: *Fofoca precoce. A papelada não foi assinada, então o negócio ainda pode não acontecer. Alguém se precipitou.*

Mas, em vez disso, mantive a pose:

Nota bene: Nada de Peitões. O presente do Duke é apenas para as Hargrove. Qualquer um que queira ser convidado para minhas festas deve manter isso em mente. NH

No segundo tempo, na aula de francês, o segundo bilhetinho começou a circular:

Dizem por aí que Baxter Quinn não vai deixar essas acusações de assassinato baratas. Ele tem um álibi, e um suspeito.

Deixei o papel estendido no meio da minha mesa e tentei enxergar ali a letra de qualquer pessoa que não fosse

Kate. Mas a tinta de caneta rosa-shocking denunciava, assim como a escrita que misturava letra cursiva e bastão; não tinha erro. Sem ninguém ver, pus um chiclete Juicy Fruit na boca e comecei a mascar para sentir seu sabor. Inclinei-me para encarar o maldito bilhete até as letras saírem de foco e eu conseguir raciocinar de novo.

Algo relacionado a minha amiga íntima retransmitindo os recados estilo Bin Laden de Baxter para a escola inteira parecia tão subversivo. Principalmente depois da conversa que eu e ela tivéramos na enseada no dia anterior. Achei que tivesse sido bem clara ao dizer que, quando o assunto fosse Baxter, nosso canal de comunicação deveria estar sempre aberto. Não era para todo mundo ficar sabendo o que acontecera com Baxter.

Eu não havia percebido que segurava a caneta contra o papel com tanta força até ver uma grande mancha de tinta preta sujar o meio do bilhete de Kate.

Certo, então ela estava tentando defender o seu homem —, tudo bem. A grande questão era como essa informação poderia crescer à medida que mais pessoas lessem o bilhete. Pelo menos eu o havia interceptado cedo o bastante e poderia moldar sua direção. Tudo que precisava fazer era mudar o tom do bilhete —, de forma menos autoral dessa vez.

Desde quando Baxter Quinn está sóbrio o suficiente para afirmar qualquer coisa? Prognóstico do seu álibi: acabou desmaiando. Suposto suspeito: os comprimidos vendidos pelo próprio B.Q. mais cedo na mesma noite.

Dobrei o papel e passei adiante, sabendo que Kate poderia recebê-lo de volta. Mas, a longo prazo, esperava que ela entendesse que eu realmente me preocupava com ela. O quanto antes Baxter estivesse fora de nossas vidas, melhor.

Dedos cruzados para que o sarcasmo mordaz da minha resposta cortasse aquela fofoca pela raiz. Mas, antes que eu tivesse tempo para relaxar depois da minha tranquila operação, o terceiro bilhetinho do dia chegou a minha mesa.

Verdadeiro ou falso: Parece que todos são a favor de um novo interrogatório conduzido pelo novo e sexy policial de serviço.

O que aquilo queria dizer? Olhei ao redor para ver de onde o bilhete tinha vindo, mas todos os alunos próximos a mim tinham os olhos grudados no quadro-negro, onde Madame Virge conjugava verbos irregulares. Quando ela abaixou o giz, olhou para cima na direção do relógio e pegou uma folha de papel em sua mesa.

— Tenho ordens expressas para ler isto imediatamente — disse ela, conseguindo a atenção de todos devido a um acontecimento raro: parara de falar em sua língua nativa para dizer algo que efetivamente podíamos entender. — Não fiquem pensando que continuarei falando em inglês depois disso.

Enquanto a turma gemia, Madame Virge pigarreou e começou a ler.

— Atenção: para qualquer um que ainda não tenha se encontrado com nosso novo contato na polícia, o policial Parker. Vocês serão chamados até a sala do diretor Glass enquanto estiverem na sala de estudos para um breve interrogatório. Todos os alunos devem comparecer.

Humm. Eu não iria para a sala de estudos antes do terceiro tempo, mas Mike estivera lá no primeiro tempo, logo de manhã. Por que ele não me mandou uma mensagem para me alertar?

— A.J. — sussurrei para Amy Jane quando o sinal tocou para que deixássemos a sala —, você já foi à sala de estudos hoje? Qual é a desse novo policial?

Amy Jane fez um beicinho e respondeu:

— Não irei lá antes do último tempo. Saco... estão dizendo que ele é um exagero de gostoso.

Roí minhas unhas e saí apressada da sala. Eu não ia esperar ser chamada para conhecer esse novo policial, fosse ele gostoso ou não. Bati à porta do diretor Glass assim que o sinal seguinte tocou.

— Entre — chamou uma voz não familiar.

Através das paredes de vidro, eu podia ver um homem de uniforme parado atrás da mesa do diretor, apoiando-se na estante. Ele parecia uma versão mais magra do Paul Rudd. Quando abri a porta e entrei, a primeira coisa que percebi foi o distintivo dele, brilhando como se fosse polido todos os dias. Em seguida meus olhos foram até suas calças azul-marinho, que estavam tão apertadas na virilha que fiquei pensando se ele não estava violando algum código de vestuário. Seu cabelo escuro tinha um topete na frente, e suas sobrancelhas grossas se arquearam quando ele fez um gesto indicando uma das cadeiras na sala e disse:

— Sente-se. Acredito que você seja a princesa de Palmetto, Natalie Hargrove.

— Boas notícias se espalham rapidamente — respondi.

— Acredito que você seja o policial Parker.

Sentei, observando-o para ver se ele era vulgar o bastante para se inclinar para a frente para ver o momento em que eu iria me sentar com minha minissaia plissada cinza-azulada e cruzar as pernas. Então ele era esse tipo de cara.

— Eu vi sua foto no jornal — explicou o policial Parker. — Andei lendo sobre a sua escola, tentando me sentir por dentro das coisas. Você deve saber que fui contratado para ir fundo no que aconteceu semana passada.

Dei de ombros.

— Não fiquei pensando muito nisso.

P.P. coçou seu queixo proeminente.

— Justin Balmer era seu amigo?

— Não muito — falei. — Ele jogava futebol americano com o meu namorado.

— Ouvi falar. — Ele olhou para baixo na direção do seu bloquinho de anotações, depois voltou para mim. — E há quanto tempo vocês namoram?

— Não sei se entendo o que isso tem a ver com a investigação — falei, encarando-o.

Havia algo ao mesmo tempo quente e frio em seus olhos cor de avelã, como dirigir com as janelas do carro abertas e o aquecedor ligado durante o inverno.

O policial Parker foi para o outro lado da mesa. Eu podia sentir o cheiro almiscarado de loção de barbear em seu rosto. Ele me deu um sorriso fraco.

— Já vou chegar lá, princesa — disse ele. — Isso aqui fede mais do que um garoto bêbado sem sua dose de remédios. Você deve ter ouvido falar que temos um suspeito ligado a um vídeo feito naquela noite.

Balancei a cabeça, mas segurei firme no braço da cadeira. Isso era bom: a polícia já usava a fita de Baxter como uma evidência.

— É claro — continuou ele — que uma evidência não sustenta o caso. E tem um pequeno problema. — Lambeu os lábios. — Consegue imaginar qual pode ser o problema?

— Não sei se entendo o que quer dizer — falei, descruzando e cruzando as pernas.

O policial Parker olhou na direção delas.

— Você parece uma boa menina. E Baxter Quinn não era um bom câmera, de qualquer forma. — Ele deu uma risadinha ofegante e vulgar. — Algumas indiscrições picantes que apareceram no filme não deveriam ser usadas contra você.

Mordi meu lábio. Ah. Que. Merda. Durante todo o tempo em que passei remoendo sobre Baxter e a fita, acabei esquecendo que ele havia filmado Mike e eu numa cena faiscante mais cedo naquela noite. É claro que usar aquela fita para incriminar Baxter era bom demais para ser verdade. Eu não podia acreditar que aquele policial desprezível com seu brilho de espertzza no olhar também tinha algo contra mim.

— Eu só não gostaria de ver sua reputação ir pelo ralo logo depois de você ter conquistado o que queria — concluiu P.P. finalmente.

— O que eu queria? — perguntei. Ora.

Quanto ele sabia? Eu me senti tão fraca e desprotegida, como se a escola inteira pudesse ver meus pensamentos tão claramente quanto podiam ver através daquelas paredes de vidro.

— A coroa — disse ele, sucinto.

Expirei.

— Olha — disse o policial Parker. Ele estava tão perto que eu podia sentir seu bafo na minha bochecha. — Ninguém está usando a palavra chantagem. Pessoalmente, nem vejo motivo para usar um vídeo pornô caseiro em um julgamento. A não ser que...

A mão dele estava na minha perna. Olhei em volta. Por que não havia ninguém passando em frente ao aquário agora para ver o quão baixo era esse cara?

— O que você quer de mim? — sibilei.

— Você tem contato com os alunos de Palmetto — disse ele, tirando a mão da minha perna e cruzando os braços. — Mostre-me alguma outra evidência para encerrar o caso e podemos fingir que essa filmagem não existiu.

— E Baxter? E quando ele voltar?

O policial Parker estendeu as mãos num gesto de indiferença.

— A palavra dele contra a minha? Esse filme é evidência da polícia agora, princesa — disse ele. — Um garoto maluco envolvido com drogas não será capaz de fazer nada.

Ele estendeu sua mão e quando ofereci a minha para cumprimentá-lo, ele a pegou e levou até os lábios.

— Manteremos contato, não é mesmo?

Deixei a sala querendo tomar um banho. E se houvesse algo mais no DVD, mas ele não estava contando? E se ele estivesse apenas testando até onde teria de ir para que eu me entregasse? E o que tinha acontecido quando ele conversara com Mike?

Um ronco leve à minha esquerda me fez dar um pulo. Era Darla Peitões dormindo no sofá que ficava do lado de fora da sala do diretor. Ela deve ter sentido que eu estava ali parada, porque de repente acordou e limpou um pouco de baba do canto da boca. Ela vestia um moletom da Palmetto quase idêntico ao que eu usara no dia anterior, só que esse era azul-bebê.

— Você foi entrevistada agora? — gaguejou ela. — Eu preciso entrar agora. Estava vasculhando meu cérebro para reunir tudo que eu já soube sobre J.B. Eu quero ajudar, mas acho que cochilei.

— Você já ouviu a expressão "não mexa em casa de marimbondo"? — falei num sussurro.

A expressão de Darla mudou. Seus olhos ficaram frios. Antes que eu pudesse me desculpar, ela se endireitou no lugar.

— Você pode ser mais velha e mais popular — disse ela com mais veneno do que eu pensei que ela tivesse —, mas eu tenho peitos maiores e mais dinheiro.

Comecei a rir e inclinei minha cabeça para olhar Darla.

— E eu deveria ter inveja de você?

Darla deu de ombros.

— Sabe, você já deve ter ouvido falar "que a maçã não cai longe do pé", certo? — Ela girou a cabeça como uma participante de um reality show medíocre. — Você é bem filha da sua mãe.

— Darla Duke — e apareceu a cabeça de uma secretária na porta. — O policial Parker vai conversar com você agora.

Darla se levantou, mas antes de entrar no covil do policial salafrário, olhou para trás.

— Podemos ser como irmãs — disse ela, baixo o bastante para a secretária não ouvir — ou posso tratá-la como a parasita que você foi criada para ser. Você decide.

Depois ela se foi. Se essas paredes não fossem tão transparentes, talvez eu tivesse puxado Darla pelo capuz do moletom.

Mas então vi Mike mais distante, no corredor. Enquanto me apressei para encontrá-lo, procurei recuperar a pose. Ele estava falando com o time de futebol americano, rindo e batendo com seu capacete nos armários. Talvez ele não soubesse que estávamos a um passo de sermos chantageados e presos. Quando consegui alcançá-lo, eu estava furiosa.

Ele viu meu rosto e se virou para os outros, dizendo:

— Encontro vocês no vestiário, certo? — pôs o braço na minha cintura e me puxou. — O que houve?

— Você encontrou aquele policialzinho ordinário de manhã. Por que não me disse nada?

— Do que você está falando? — Mike parecia confuso.

— Ele tem o DVD — falei devagar.

— Eu sei — disse Mike, rindo. — Os meninos estavam falando sobre isso mais cedo durante o treino. Eu estava louco para encontrar você e poder contar. — Ele passou a mão atrás da minha cabeça e sussurrou: — É só uma questão de tempo até nos livrarmos dessa enrascada.

— Você está doido? — Dei um tapa nele. — O policial Parker não reavivou sua memória sobre o que mais está na gravação?

Mike franziu o cenho e balançou a cabeça.

— Isso é ótimo! — Abri minha bolsa, procurando por um chiclete. — Ele não disse nada. Então sou só eu o alvo de sua chantagem.

A expressão de Mike ficou obscura e ele travou o maxilar. A mão se fechou em punho.

— O que ele disse pra você?

— Vamos dizer apenas que ele está mais do que um pouquinho interessado em quanto do meu corpo a câmera de Baxter conseguiu filmar. — Comecei a mascar. Tentei empurrar Mike, mas ele era forte demais. — Como você não pensou nisso, Mike? Você devia ter feito algo em relação ao DVD. Era sua responsabilidade.

Então Mike tirou as mãos da minha cintura.

— Você também não pensou nisso — disse ele, nervoso.

— Bom, agora é a sua vez de tomar uma iniciativa e pensar numa forma de pôr as mãos nele — falei. — Existem algumas coisinhas que precisam ser editadas antes de alguém conseguir derrubar Baxter.

— Isso é ridículo, Nat, e você sabe — murmurou ele. — Quem você acha que eu sou? — Ele se inclinou na minha direção e baixou o tom de voz. — O DVD está com a polícia e eu devo tomá-lo deles num passe de mágica para que você não passe vergonha por causa do seu corpo exposto?

— E se houver mais do que um corpo exposto naquele DVD?

— Pode me lembrar o que *você* fez para nos ajudar a sair dessa? Qual era a sua responsabilidade mesmo?

Cruzei meus braços.

— Eu não tive oportunidade de *conversar com Tracy* porque estava ocupada sendo chantageada pela polícia.

— Claro, isso mesmo, eu me esqueci. Você deveria falar com Tracy. Espero que não seja muito arriscado. Pode me contar depois o que ela disser... se você conseguir sobreviver.

— *Mike...*

— Vejo você depois da aula.

Quando disse isso, ele já estava na metade do corredor. Eu não ia fazer uma cena gritando e correndo atrás dele em frente das Bambies reunidas perto das máquinas de Coca-Cola. Segui rapidamente para as escadas que levavam até o banheiro das alunas do terceiro ano no andar de cima. Eu *ia* encontrar Tracy. E Mike teria de rastejar se quisesse saber o que eu descobriria.

— Aí está você — disse Tracy, empurrando seus óculos cor de safira sobre o nariz quando eu abri de supetão a porta do banheiro. — Meu Deus, Nat. Você parece péssima.

— Eu só... — comecei a dizer. *Eu só o quê?*

Tive uma briga horrível com meu namorado/cúmplice?

Fui comparada à minha mãe, uma alpinista social, pela maior fracassada da escola?

Quase me entreguei diante da pressão desse segredo monstruoso?

— Acabei de ser entrevistada pelo novo policial — consegui dizer finalmente. — Isso me deixou muito agitada.

— Coitadinha — disse Tracy, juntando suas trancinhas em um rabo de cavalo volumoso. — Encontrei o P.P. de manhã. Um cara meio dúbio, né? — Ela me guiou até o espelho e acendeu um incenso. — Então — disse, e começou a pentear meu cabelo com os dedos —, vamos deixá-la mais calma.

Pelo espelho, vi que eu estava tremendo e meu rosto ruborizara; mal reconheci a mim mesma. Eu parecia tão cansada e tão velha. Meu cabelo tinha perdido o brilho e até mesmo meus olhos castanho-escuros pareciam sem vida. Só havia mesmo uma semana que Palmetto me escolhera como merecedora da coroa?

— Aquele cara é totalmente nojento — falei.

— Eu sei — piou Tracy. — Mas mesmo que odeie ouvir isso, você tem alguém em comum com o policial Parker.

Balancei a cabeça.

— Do que você está falando? Onde ouviu isso?

Tracy estalou a língua.

— Você sabe que nunca revelo minhas fontes. — Ela parecia pensativa. — Acho que é a única semelhança que tenho com a fábrica de boatos. Enfim, se você quer acertar as contas com o P.P., tudo que posso dizer é: um velho amigo pode vir a calhar.

— Eu não entendo. Como eu...

O sinal tocou. Tracy apagou o incenso e deu de ombros.

— Realmente não posso dizer mais nada. A não ser isso: a vingança às vezes está mais próxima do que você pensa e a queda nunca fica muito para trás.

13

Mais forte que o primeiro

Na segunda, depois da aula, escapei pela saída de emergência em direção ao lugar secreto meu e de Mike embaixo das arquibancadas. Eu realmente não queria arriscar ser vista por uma das várias pessoas que vinha evitando — desde Darla Duke até o policial Parker. E, definitivamente, não queria ver Kate. Minha cabeça ainda girava tentando entender a última e enigmática profecia de Tracy. Talvez Mike fosse capaz de esclarecer alguma coisa.

Sempre tentávamos nos encontrar sob as arquibancadas para o nosso pré-jogo particular. Normalmente, eu deixava ele marcar um *touchdown* antes do treino, já que, no campo, ele tinha de jogar na defesa. Mas naquele dia, depois que me enfiei embaixo da terceira e enferrujada fileira das arquibancadas e pulei as poças até chegar no nosso montinho gramado, fiquei surpresa ao descobrir que, pela primeira vez, Mike não estava lá.

Nós não gostávamos de voltar para a aula aborrecidos e nunca ficávamos zangados um com o outro depois de o último sinal tocar. Tinha achado que nós dois correríamos ansiosos para as arquibancadas depois do oitavo tempo para fazer as pazes. Agora eu me perguntava se os efeitos da nossa discussão no corredor ainda não tinham passado para ele. Procurei meu telefone para mandar um torpedo, mas algo me deixou hesitante. Ou ele apareceria ou não. E se não aparecesse, pensei cuspindo meu chiclete no chão, pelo menos eu teria certeza de que ele estava realmente zangado comigo. O que nunca tinha acontecido em toda a história de Nat e Mike.

Esperei, espiando o campo do meu esconderijo sob as arquibancadas. Então me lembrei que, algumas vezes ao longo do ano, enquanto eu e Mike estávamos ali ficando, eu abrira meus olhos e esticara o pescoço para dar uma olhada em J.B. correndo ao redor do campo.

Sei que era muito esquisito, mas aquilo sempre fizera com que eu me sentisse bem — saber que, finalmente, eu estava com o cara certo. Só que agora a lembrança só provocava em mim nojo e solidão. Eu nunca mais sentiria aquilo, nunca mais veria os tendões das panturrilhas de J.B. pulsando nem a mecha loura do seu cabelo sendo soprada pelo vento enquanto ele corria. Mais do que nunca eu queria ter Mike ao meu lado para aplacar um pouco da dor. Eu não podia deixar que ele escapasse também.

Então, lá estava ele, saindo correndo do vestiário com os outros rapazes. Senti um aperto no peito. Ele tinha me dado bolo. Nem ao menos tentara ligar. E quando o time deu a primeira volta na pista, Mike virou o rosto para não ver nosso esconderijo sob as arquibancadas.

Meu rosto ficou vermelho de ódio. Em parte eu queria sair correndo e dizer a ele que não podia simplesmente me despachar assim. Éramos um time, mesmo quando as coisas complicavam; o que compartilhávamos tinha que continuar sendo sagrado.

Mas aquele não era o momento nem o local para discutir isso e eu ainda precisava desvendar a grande profecia de Tracy — sozinha.

E eu não conseguia esquecer a cena do depravado P.P. passando a mão na minha perna, mas não era só dele que eu queria me vingar. Baxter e P.P. estavam ligados para mim agora; um não iria cair sem o outro. E o que Tracy quis dizer com um "velho amigo" que conhecia o policial Parker? Percorri a agenda do meu celular atrás da resposta, dei uma parada quando passei pelo nome de Kate Richards... mas continuei procurando. Não parei até chegar quase ao final do alfabeto.

Sarah Lutsky. Minha antiga melhor amiga de Cawdor. Fiquei surpresa por ainda ter seu número de telefone. Bem, ela *sempre* tivera uma preferência por homens de uniforme. Mas será que Tracy tinha se referido a *essa* velha amiga?

Só havia um lugar onde eu poderia encontrar Sarah Lutsky — isto é, considerando que algumas leis básicas do mundo não haviam mudado. Em minutos, eu ligava meu carro e seguia em direção ao leste. Atravessei os trilhos do trem e logo me vi retornar a uma parte da cidade na qual um dia pensei que nunca pisaria de novo.

Outros jovens da Palmetto iam ocasionalmente a Cawdor quando precisavam beber. Sempre que meus amigos decidiam emburacar pelos arredores, eu inventava a desculpa de algum problema de família de emergência. Só de pensar naqueles dois mundinhos se encontrando era mais do que eu podia aguentar.

Hoje eu ia à procura de uma velha amiga, num lugar onde provavelmente encontraria outra: minha antiga melhor amiga, a bebida barata. É claro que Mike odiava quando eu bebia antes da hora socialmente permitida, mas, depois de me abandonar sob as arquibancadas, ele não me deixava muitas opções.

Passei pelos bares enfileirados da Cawdor Street, lembrando-me de uma época em que certamente os frequentava um pouco além da conta. Desacelerar para encontrar uma vaga era praticamente uma viagem em direção ao meu passado obscuro. Havia o puteiro-que-tinha-virado-bar, no qual provavelmente alguns dos meus sutiãs rendados continuavam pendurados no candelabro. Havia a barraquinha de taco mexicano onde eu provavelmente comemorei vinte e um anos vinte e uma vezes, porque no aniversário a tequila era liberada. Havia minha boate de punk rock favorita — espere onde estava minha boate de punk rock favorita?

Minha antiga boate preferida tinha um novo letreiro, uma nova pintura... e um novo nome.

Senti um frio na espinha quando estacionei em frente ao lugar que agora se chamava... Sweet Revenge. Talvez houvesse mais em torno da profecia de Tracy do que eu imaginara.

Abri caminho pelas antigas portas de *saloon* do Velho Oeste e entrei no bar. Estava enfumaçado lá dentro, mas quando meus olhos se acostumaram à meia-luz pude notar que muito pouco havia mudado. De repente, eu tinha treze anos de novo, parada no canto de trás ao lado do telefone público, provocando rapazes que tinham o dobro da minha idade e ganhando doses de bebida dos meus amigos. Você sabe que é jovem demais para beber quando um lugar como *esse* não lhe serve nada. Naquela época, meus amigos eram do tipo que dariam a qualquer mãe normal uma úlcera — isto é, se a tal mãe não estivesse ocupada passando mal no sofá.

Dessa vez, sentei no bar sentindo-me forte ao pensar em tudo que eu vivera nos quatro anos desde que tinha pisado naquele lugar pela última vez; primeiro uma boa casa, depois um belo carro e um namorado gostoso, a coroa brilhante, ah, e aquele homicídio bizarro...

Senti um tremor e ajeitei minha jaqueta.

— O que posso servir para você? — perguntou o barman, colocando um guardanapo na minha frente rapidamente.

— SoCo com limão — pedi. — Duplo.

O drinque chegou e bebi de uma vez, esquecendo que no Sul era considerado má sorte não brindar, ainda que você estivesse sozinho. Era simplesmente tão bom beber rápido. Batendo o copo na mesa, senti um arrepio e balancei a cabeça.

— Outro — chamei o barman.

— Eu tinha um pressentimento de que você voltaria — uma voz alta, mas fina, ecoou.

Lá estava ela. Imaginei que teria tempo para pelo menos uma rodada antes que Sarah terminasse seu turno no boliche. Mas quando olhei para o bar, ela estava empoleirada na banqueta do canto. Pela fileira de copos vazios à sua frente, ela estava sentada ali desde que eu entrei. Seu cabelo com ondas louro-arruivadas caía sobre a camiseta e os olhos cor de avelã estavam borrados de delineador preto. Seus longos e finos dedos puxavam o rótulo da cerveja e, quando ela sorriu na minha direção, pude ver o pequeno espaço entre seus dentes da frente.

— Sarah — falei, cada vez mais impressionada com a previsão de Tracy. — Eu não acredito.

— Acredite — disse ela, levantando-se para chegar mais perto. — As pessoas não desaparecem só porque você as corta de sua vida, Tal.

Meu velho apelido me deixou inquieta. Ninguém me chamava daquele jeito há anos, não desde que eu e Sarah éramos inseparáveis, não desde que eu era uma menina de Cawdor em vez de a princesa de Palmetto.

— E sim — assentiu ela —, ouvi sobre o que aconteceu com ele. — Ela abaixou seu copo e juntou o cabelo num rabo de cavalo baixo. — Você está bem?

— Estou — respondi rapidamente. — Como você soube?

Ela olhou ao redor do bar e colocou a mão em meu cotovelo:

— Talvez devêssemos arrumar uma mesa lá atrás. Para conversar.

Segui Sarah para os fundos do bar, um caminho que percorrêramos muitas vezes. Por um instante, senti como se eu ainda fosse Tal e ela, Slutsky, com seu jeans apertado evidenciando as pernas magras e a blusa fina mostrando os pelinhos arrepiados de seus braços. Slutsky estava sempre com frio, e brincávamos que era por isso que ela precisava tanto do calor dos braços dos caras que nos rondavam.

— Ei, Slutsky — chamou um sujeito com cara de pervertido da mesa de sinuca.

— Agora não — disparou ela como de costume. Ela me cutucou para que eu a seguisse até uma mesa num canto escuro, pegou seu cantil na mesa e tomou um gole.

— Então, estou saindo com uma pessoa nova — disse ela.

— Isso é... ótimo — gaguejei. Se ela dissesse o que eu estava esperando que dissesse, eu teria que reavaliar Tracy Lampert.

— Só falei porque a pessoa com quem estou saindo pode ser do seu interesse.

— Sou toda ouvidos.

— Derek Parker — disse ela, sorrindo feito boba de repente. — Você deve saber quem é, por causa do uniforme.

— Você esta namorando o policial Parker? — falei em meio a um riso abafado, tentando parecer tão impressionada quanto me sentia empolgada.

— Namorando? Você pode chamar assim — disse ela, abanando a mão com desdém. — Ele é casado, então talvez esse termo não seja adequado.

Nos velhos tempos, eu teria dito "Slutsky, eca!"; e iríamos cair de tanto rir por aquilo ser meio pervertido e ao mesmo tempo meio excitante. E ela entraria em mais detalhes do que eu poderia entender. Mas agora...

— Consigo ver você me julgando mesmo com sua boca fechada. — Ela deu um suspiro e acendeu um cigarro, me oferecendo o maço. Balancei a cabeça. Ela deu de ombros mais uma vez.

— A questão e que deixei o passado para trás e progredi, como você fez — continuou ela. — Talvez agora possamos voltar a ser amigas.

— Como você sabe que eu progredi? — Não era exatamente fácil se manter atualizado em relação às novidades do outro lado da cidade.

— Ahhh. — Slutsky esfregou uma mão na outra e deu um sorriso safado. — Agora estamos chegando na parte boa — disse ela. — Digamos que existem algumas vantagens em chupar um homem da lei. Tipo... evidência policial?

Meu queixo caiu.

— Você viu o DVD?

Slutsky assentiu.

— Preciso confessar, Tal, fiquei impressionada. Normalmente os novos-ricos ficam ainda mais tensos, mas esse cara novo... qual é mesmo o nome dele? Ele deixou você bem soltinha.

— Você está mentindo. — Segurei o copo com força para evitar tremer. — Por que você, por que ele...?

— Pesquisa é o motivo principal — disse ela. — Derek e eu também gostamos de brincar com filmes. Ele pensou que talvez ficássemos inspirados...

— Isso é tão ilegal e doentio.

— Relaxa — disse ela. — Não foi nada mau ver você. Não havia nada que eu não tivesse tentado antes, mas...

— Slutsky — falei devagar —, você ainda tem o DVD? Quero dizer...

— Ah, claro. — Ela balançou a cabeça. — Aquela coisa está trancada na delegacia. — Expirou um anel de fumaça, levantou seu cantil e tomou outro gole.

Esse era o problema de Sarah: ela estava sempre pronta para a diversão, mas, quando as coisas complicavam, nunca se podia contar com ela para ajudá-lo a escapar dos problemas. Não havia como ela entender que minha reputação em Palmetto dependia daquela fita NUNCA vazar.

Talvez Tracy Lampert estivesse errada e toda essa jornada até Cawdor tivesse sido em vão. Por que me forçar a entrar em contato com essa "velha amiga" se tudo ficaria exatamente igual? E por que Slutsky estava fuxicando minha bolsa? Ela costumava fazer isso o tempo todo, mas agora parecia realmente invasivo.

— O que você está fazendo?

— Seu telefone está tocando — disse ela, pescando o aparelho da bolsa. — Uhhhhh. — Ela olhou para o identificador de chamadas. — Quem é Mike? — cantarolou. — Ele é o cara?

Arranquei meu telefone da mão dela e fiquei encarando o número de Mike piscando no visor, esperando que a ligação fosse para a caixa postal. Eu me senti aliviada por saber que ele estava ligando, mas não haveria como explicar o que eu estava fazendo em Cawdor naquele momento.

— Que foi isso? — perguntou Slutsky. — Problemas no paraíso?

Olhei de soslaio para ela, assustada ao perceber há quanto tempo não nos falávamos; ela não sabia mais nada sobre mim ou sobre quem eu era. E não havia maneira nem motivo para lhe explicar algo. Na última vez em que havia conversado com Slutsky, o cara mais problemático da minha vida era o meu pai preso. Eu me lembro da última briga que tivemos, quando Sarah teve coragem de defender meu pai, como se fosse mais amiga dele do que minha.

Espere um instante. Talvez eu estivesse latindo para a árvore errada. Será possível que o velho amigo que Tracy sugeriu fosse... o meu pai? Num dia bom meu pai era mais um velho amigo do que qualquer referência de autoridade. Num dia ruim, bem, era por causa dessas cicatrizes que eu vinha evitando entrar em contato com ele de novo. Até agora.

A questão era que meu pai tinha seus contatos — éticos ou não. Talvez ele fosse o único capaz de me ajudar.

Ou talvez eu fosse louca em acreditar em qualquer coisa que Tracy Lampert dizia. Talvez eu estivesse mesmo perdendo o juízo.

— Ei — falei para Slutsky, fazendo uma cena ao conferir meu relógio. — Eu preciso ir.

Sarah olhou ao redor do bar.

— Têm muitos fantasmas para você aqui, né? — perguntou. — Tudo bem, vou com você até lá fora.

Bebi o resto do meu SoCo e segui Slutsky pela porta que rangia nos fundos do bar. Caminhamos pelo estacionamento de cascalho, ambas notando a diferença entre a agitação do bar e a noite tranquila do lado de fora. Slutsky apontou para o canto mais escuro do estacionamento, onde havia uma van de acampamento com um lampião a querosene pendurado.

— Vou dar uma paradinha no posto comercial — disse Slutsky. — Quer ir comigo?

— Posto comercial? — perguntei, confusa. Não parecia o tipo de lugar no qual eu gostaria de comprar alguma coisa.

— Ah, Tal — disse ela, balançando a cabeça —, você esteve fora por tempo de mais. Eles têm de tudo: speed, oxicodona... qual é o seu veneno atualmente?

Um cara estava inclinado sobre a van, nos observando. Ele tinha trancinhas na barba e uma coleira de spikes no pescoço. Seus braços eram tatuados dos ombros até os dedos.

— Acho que já vou indo — falei baixinho. — Tenha cuidado, tá?

Slutsky assentiu, como se soubesse que eu diria exatamente aquilo.

— É claro — assentiu, se inclinando para beijar minha bochecha. — Ligo para você.

Do meu carro pude ver sua silhueta entrando no posto comercial pela porta de trás da van. Fiquei feliz por sair dali, mas também ansiosa por saber que meu próximo encontro teria que ser com meu pai.

Decidi esperar um pouco antes de agir impulsivamente e sair com o carro. De repente, estava muito atenta ao interior de couro do carro, ao som estéreo e às calotas brilhantes. E ali estava eu, presa ao meu passado, me arriscando por culpa do meu presente.

E falando no presente, eu ainda não tinha ouvido a mensagem de Mike:

"Não sei se você ficou esperando no nosso esconderijo hoje, mas, se ficou, me desculpe. Eu só precisava de um tempo para clarear meus pensamentos. Não fique zangada, tá? Só me ligue. Amo você."

Dei um suspiro e joguei o telefone de volta na minha bolsa, — mas quando fiz isso notei que faltava algo. O barulho do vidrinho de comprimidos. Rapidamente vasculhei minha mochila. Onde estava?

Eu sabia que estava com o vidrinho quando entrei no bar; notei que estavam comigo quando paguei pelo meu drinque. Rememorei a última hora e me lembrei de Slutsky fuxicando minha bolsa. Aquela vadiazinha tinha roubado meus comprimidos! E agora os estava vendendo naquele lugar nojento!

Quase pisei fundo nos freios para dar meia-volta com o carro. Mas, em seguida, a calma tomou conta de mim. Sem querer, Slutsky me fizera um favor levando embora a carga da qual eu não sabia como me desfazer.

Ela pode ficar com eles. Agora eu só podia torcer para que desaparecessem para sempre.

14

Uma batalha ganha, outra perdida

Quando acordei, tudo estava do mesmo jeito de antes: meu edredom leve verde-ervilha enrolado confortavelmente ao meu redor; o sol entrando pela janela a leste, meu pai desmaiado na poltrona da sala de estar do trailer, onde ficava minha cama dobrável. Eu estava tonta, semiacordada.

— Pai? — chamei. Minha voz estava tão lenta que eu parecia ter dito aquilo embaixo d'água. — Vou fazer café, está bem?

Da cadeira, silêncio. Os braços de meu pai estavam jogados por cima de sua cabeça de um jeito preguiçoso, sua barba estava por fazer e o rosto parecia inchado. Um de seus sapatos estava caído perto da porta, mas o outro continuava dependurado em seu pé num ângulo esquisito, como se tivesse sido torcido. Uma aranha se movia lentamente no encosto de cabeça da poltrona. Ele estava pavoroso, eu mal conseguia desviar o olhar. Parecia que eu não o via há séculos, mas, por outro lado, foi outro dia mesmo. Não foi? Eu me inclinei sobre ele, balançando-o pelos ombros.

— Pai? — falei mais alto dessa vez. Então meu coração se acelerou e me virei para os fundos do trailer. — Mãe!

No quarto que ficava nos fundos do curto corredor do trailer, esperei ouvir o gemido da minha mãe e o farfalhar dos lençóis na cama. Tínhamos toda uma rotina: eu a chamaria de novo, ela iria reclamando até a porta e poria a cabeça descabelada no corredor—, às vezes ainda olhando para a cama. Qualquer um poderia estar lá — qualquer um disposto a uma escapadinha entre o momento que eu ia para a escola e meu pai voltava para casa.

— Mãe — chamei novamente. — Ele está apagado de verdade dessa vez.

De repente, os dedos do meu pai seguraram o meu pulso. Olhei para baixo e seus olhos estavam arregalados.

— Cale a boca. Não tem ninguém apagado aqui.

Dei um grito porque ele me assustou, porque o aperto no meu pulso era forte e seu hálito tinha cheiro de morte, porque seus lábios e suas gengivas estavam azuis.

— Mãe? — continuei chamando. Minha voz oscilava pelo cômodo estreito.

— Sua mãe não está — disparou ele. — Não se incomodou em voltar para casa ontem à noite.

— Como você saberia? — falei, livrando meu pulso dele e fugindo para o canto da minha cama.

Foi quando meu pai levantou da poltrona e veio na minha direção. Eu não acreditava que ele tinha condições de atravessar o trailer, mas, por outro lado, quando ele queria me assustar não importava o quão chapado estava.

— Você acha que não sei o que acontece na minha casa?

Quando ele se levantava totalmente, algo raro, sua cabeça batia no teto baixo do trailer. Seu braço enorme alcançou um dos vidros de analgésico espalhados pela mesa da cozinha, mas interrompeu o que ia fazer para me encarar. Eu podia sentir meus lábios tremendo. Estava torcendo para que ele tomasse sua dose matinal. Seria melhor para nós dois se ele simplesmente engolisse os comprimidos.

— Sei o que sua mãe diz pra você — *disse ele com a voz baixa.* — Falando pelas minhas costas como se eu não fosse homem o suficiente. Você acha que eu preciso disso?

— *Ele havia tirado a tampa da embalagem, mas ao invés de tirar os comprimidos de lá, jogou todo o conteúdo em mim, com força. O vidro bateu na minha coxa e as pílulas se espalharam pelo chão.*

— Vocês acham que eu preciso de vocês? — gritou ele.

— Pai — *implorei, meu corpo se retraindo quando ele me espremeu na parede. Seu punho estava prestes a puxar meu cabelo, mas me abaixei para me esquivar e ele pisou em falso para frente, batendo a canela na cama.*

— Merda, Tal — *grunhiu ele, segurando a perna e pulando num pé só em direção à cadeira.*

Peguei minha mochila roxa e calcei um chinelo, sem me importar que, com isso, eu estaria indo para a escola de pijamas, mais uma vez. Melhor aparecer de calça de flanela hoje do que coberta de hematomas amanhã.

— *Volte aqui agora* — *gritou meu pai, indo atrás de mim no terreno onde os trailers ficavam.*

Continuei correndo. Só olhei para trás quando ouvi o baque.

Meu pai estava com a cara enfiada no chão. Não era a primeira vez que ele caía assim, mas era a primeira vez em que eu o vi jogado no chão em silêncio, sem nem tentar ficar de pé. Ele havia tropeçado no último degrau do trailer e caiu com tudo. Vi um fio de sangue escorrendo do seu lábio inferior. As pálpebras estremeceram até se fecharem e ele apagou de novo. Eu me abaixei até seu pescoço, senti seu pulso, depois dei meia-volta e continuei correndo.

Minha mãe apareceu na escola naquele dia para me dizer que a polícia o havia levado. Foi a última vez que o vimos. Foi a primeira vez que fiz a tal promessa de nunca mais falar com ele.

Um homem pode mudar? É claro que não.

Ele abriu a porta antes mesmo que eu terminasse de bater. Parecia frágil e cansado, a pele ao redor de seus olhos prateados parecia frouxa, como a pele de um idoso. Mas quando ele abriu os braços pareciam inexplicavelmente firmes.

— Bonequinha — disse ele, esperando um abraço.

Fiquei parada nos degraus de metal do trailer do meu tio Lewey, os braços cruzados com força na altura da cintura. Eu lutava bravamente contra a parte de mim que queria ir em direção ao meu pai para encostar a cabeça em seu peito largo. Em vez disso, me concentrei em um ponto de sua testa bem no meio dos olhos. Era um truque

que eu tinha aprendido na aula de debate — use-o quando estiver muito nervoso para encarar alguém, mas precisar parecer no controle.

— O que você quer? — falei.

— Quero lhe dar os parabéns — disse ele, me cutucando com o cotovelo ossudo. — Minha filha, a princesa. Não que isso me surpreenda.

— Não preciso que me dê parabéns.

Meu pai franziu as sobrancelhas.

— Certo, então talvez eu precise que você diga "Bem-vindo". Ainda estou na condicional, é claro, mas com bom comportamento tudo pode voltar a...

— Não — falei, sentindo o velho tremor voltar à minha voz. — É diferente agora. Eu e mamãe estamos diferentes. A gente seguiu em frente. — Minha voz estava distorcida pelo desejo de que aquilo fosse verdade.

— Entre — disse meu pai, ignorando o que eu havia dito e segurando a porta aberta. — Farei um chá. Você está bonita, mas não parece muito bem.

Antes de meu pai ir embora e de mamãe e eu nos mudarmos, o trailer do tio Lewey ficava a três portas do nosso. E sempre teve um clima despedida de solteiro. Eu ainda esperava encontrar bebidas e drogas liberadas, e talvez uma mulher que ninguém conhecia adormecida num canto.

Mas quando entrei no trailer, o lugar parecia simples e limpo, com dois jogos americanos usados na mesa e um jasmim de seda dentro de um vaso plástico. O cheiro era de desinfetante e creme de barbear.

A foto favorita do meu pai ainda estava pendurada na parede em cima da mesa da cozinha. Minha mãe havia tirado a foto no cais com sua câmera descartável. Meu pai, meu tio Lewey e eu estávamos parados em frente a um famoso letreiro de Cawdor, reservado para os pescadores sortudos que conseguiam pegar um peixe que pesasse mais de vinte quilos. Na foto, o braço do tio Lewey se curvava orgulhoso sobre a cabeça do peixe e meu pai segurava o bicho pela barriga. Eu estava parada perto da cauda, me esforçando para aguentar o peso. Eu tinha seis anos e, mesmo sem ter consciência disso, meu pai já estava me arrastando para baixo.

— Você vai perceber que as coisas mudaram por aqui — disse ele agora, dividindo o pó instantâneo de Lipton em duas canecas e adicionando água quente de uma chaleira elétrica que estava no peitoril da janela. — Não sou o cara de quem você se lembra. Meus amigos da delegacia dizem que nem me reconhecem.

Revirei os olhos. Quando meu pai dizia "amigos da delegacia" queria na verdade falar dos policiais que aceitaram seu suborno por um breve período de tempo depois de ele ser preso, antes que as acusações de fraude viessem à tona. Papai podia ficar dias falando sobre os seus amigos da delegacia. Mas eles não fizeram nada quando a merda finalmente atingiu o ventilador. Eu não conseguia acreditar que ele ainda falava com eles.

— O que mais os seus amigos da delegacia têm contado esses dias? — perguntei, mantendo o olhar no chá.

— Ah, isso mesmo. — Meu pai estalou os dedos. — Você faz parte daquele lado do mundo agora. — Ele deu uma risada. — Você sabe, quando coisas ruins acontecem a pessoas ricas, todos têm que mostrar serviço. Parece que a mãe do menino morto está empreendendo uma verdadeira caça às bruxas com esse novo policial.

— Como assim? — falei. Pensei que o policial Parker trabalhasse para a escola e não para a família de Justin.

— Você sabe, as famílias sempre preferem que o caso seja resolvido. — Ele balançou a caneca no ar. — É compreensível — continuou —, mas esses policiais jovens querem simplesmente prender o primeiro suspeito da lista. A má notícia é que o primeiro da lista é um cara que tem um álibi para a noite do assassinato.

— Ah, é? — perguntei, tentando soar o mais desdenhosa que consegui, mas sem interromper meu pai totalmente. — E seus amigos da delegacia confiaram a você algum detalhe desse álibi?

— Ouve essa — disse meu pai, rindo. — O garoto estava na reabilitação. Ele estava muito ocupado se drogando para drogar outra pessoa.

Balancei a cabeça.

— Mas Baxter não estava em reabilitação — falei. — Ele estava lá na noite da festa.

Meu pai assentiu, como se já tivesse ouvido tudo aquilo antes.

— Foi um daqueles acordos no meio da noite — explicou —, quando pegam a pessoa enquanto está dormindo. Convenientemente aconteceu na noite do acidente, mas... espere aí... — Seu tom de voz mudou: — O que você estava fazendo nessa festa?

— Por favor. Você perdeu todos os seus privilégios de pai anos atrás. — Fiz um gesto com a mão indicando que não ia aceitar aquilo. — Com quem você está conversando afinal? Com o policial Parker? Eles sabem quando Baxter vai aparecer?

Meu pai me olhava de um jeito esquisito. Então deu um gole demorado no seu chá.

— Por que você está tão interessada em Baxter? — perguntou ele. — Você não está enrolada com esse cara, está Tal?

— Não estou enrolada com nada disso — respondi rapidamente na defensiva.

De repente, pude ver a mim mesma através dos olhos dele. Como eu devia parecer, faces ruborizadas e a respiração presa na garganta, disparando perguntas freneticamente para alguém com quem jurei nunca mais voltar a falar?

Fiquei de pé, puxando meu banco. Fui idiota de ter pensado que ele poderia me ajudar com algo assim.

— Você me deixa preocupado, bonequinha — disse meu pai, a cabeça tombada para o lado. — Pensei que você estivesse saindo com alguém legal, o filho dos King.

— Fique longe de Mike e fique longe de mim — falei, indo em direção à porta. — Já é demais ter de se preocupar com você mesmo.

Papai levantou as mãos para o ar, num gesto de redenção.

— Sou seu pai — disse. — E amo você. Estou de volta na sua vida agora e estou andando na linha, eu juro. Você pode me procurar se precisar de alguma coisa. — Ele alcançou meu braço. — Você precisa de alguma coisa?

Sua mão no meu braço era algo tão familiar, e tão complicado. Eu odiava, mas não conseguia me livrar. Como ele tinha me encontrado de novo, depois de eu ter me afastado tanto?

Mas, entre todas as pessoas, talvez meu pai pudesse entender como eu havia me complicado tanto. Talvez não fosse tão ruim dividir esse fardo com alguém. Quando levantei a cabeça e encontrei seus olhos prateados, vi o mesmo brilho que costumava haver em meu próprio olhar. Abri a boca para falar.

— Simplesmente diga o que você precisa — disse ele de novo, com a voz mais suave.

Foi aquela ânsia em sua voz, aquela vontade de ser útil, não muito diferente das Bambies — e eu mandava nas Bambies. Meu estômago revirou.

Atrás de onde ele estava, algo chamou minha atenção. Uma grande aranha negra tecendo uma teia do teto do trailer. E, atrás dela, uma fileira arrumada de garrafas de bebida escondidas atrás de uma caixa de cereal. Olhei para o meu pai. Parte de sua pena incluía ficar sóbrio e livre de drogas. De repente eu vi que nada tinha mudado, nada além de mim.

Torci meu braço para me soltar dele.

— Estou indo — falei. — Pare de me ligar.

Segurei a maçaneta e empurrei a porta, sentindo uma lufada de ar frio. Comecei a correr. Com o som das minhas pisadas no chão, a realidade desesperada da minha situação foi ficando cada vez mais e mais clara.

Meu pai fora minha última chance. E ele falhara comigo de novo.

15

As sombras negras da noite

Sempre que eu e Mike concordávamos em nos encontrar em nosso esconderijo secreto acima da enseada, as coisas se desenrolavam da mesma forma:

Rendez-vous, um dos dois enviava por mensagem de texto pela manhã e o outro saberia o que significava.

Meia-noite, nas cachoeiras, estava tudo escuro e silencioso.

Hoje havia sido eu quem mandara o torpedo, me sentindo estranhamente nervosa mesmo usando o código que usáramos tantas vezes antes. A diferença era que normalmente eu e Mike íamos até lá para relaxar ou só mesmo para passar mais tempo juntos. Hoje o assunto em pauta era um pouco mais ambicioso. Essa semana inteira tinha sido uma sucessão de catástrofes, e mesmo que eu tentasse reunir as peças para bolar um plano, sabia que não pareceria concreto até Mike fazer parte daquilo.

OK, foi tudo que ele respondeu.

Quando a lua cheia estava no alto do céu e minha mãe havia voltado do habitual boliche das quartas-feiras com Dick — tonta o bastante para dormir de roupa e tudo no alto da cama —, vesti uma camisa de gola alta preta e escapuli pela noite.

Nós adorávamos essa cachoeira. Mike havia encontrado o lugar por acaso quando era criança e passou a visitá-lo sozinho por anos. Ele me levou até lá no nosso terceiro encontro, com uma garrafa de champanhe e uma cesta de piquenique. Eu o levara lá no dia de seu aniversário e tinha todos os aderecos necessários para brincar de Tarzan e Jane. Era o cenário da nossa primeira briga, da nossa primeira vez, do nosso primeiro aniversário. E, felizmente, era também o único lugar romântico de Charleston onde nunca tínhamos dado de cara com outro casal tentando dar uma amasso às escondidas. Como estivemos lá muitas vezes, eu tinha certeza que eu e Mike éramos os únicos no mundo que sabíamos da existência da cachoeira.

Para chegar lá, era preciso estacionar na marina do outro lado da Isle of Palms. Depois, marchar em linha reta por uma trilha desgastada e íngreme por cerca de um metro e meio antes de chegar à fileira de bordos e um trecho coberto por um musgo espanhol espesso que escondia a cachoeira. Mas uma vez que se conseguia avançar pela rica mata, a vista valia todo o esforço.

A água descia limpa pela cachoeira por uma escarpa de calcário e caía em uma piscina de água natural que, sob a luz da lua, era obscenamente turquesa. Não era muito alta

— nada na área Charleston ficava muito acima do nível do mar. Mas, com os anos, no calcário formara-se um lugar perfeito para dois, logo abaixo do córrego. Àquela hora da noite, um córrego lento de uma nascente próxima de água mineral vaporizava uma espécie de névoa que fazia com que estar ali se assemelhasse a um sonho.

Sempre que íamos para as cachoeiras, Mike chegava primeiro. E ele sempre deixava uma trilha desde o ponto em que ela acabava até onde eu iria encontrá-lo, sob a alcova, porque, mesmo eu tendo estado ali tantas vezes que era capaz de achar o caminho dormindo, Mike continuava dizendo que não queria me perder no caminho. Ele espalhava pétalas de rosa, chocolates ou alpiste — uma vez até tinha deixado algumas cuecas pelos galhos das árvores, como bandeiras me levando diretamente até ele.

Hoje não havia nada no caminho.

Meu coração se acelerou com a ideia de levar bolo pela terceira vez, mas, quando passei pelo lençol de água e vi a alcova, Mike estava lá. Estava sentado em nossa pedra com a cabeça entre as mãos.

— Você não deixou nenhuma trilha — falei.

— Achei que você preferisse fazer as coisas do seu jeito — disse ele. A camisa preta arregaçada nos ombros e o rosto parecendo mais pálido que a lua. — Além do mais — continuou num tom de voz triste —, já não deixamos rastros demais?

— Mike — falei.

Ele se levantou quando me aproximei. Enlaçamos os braços um no outro e só ficamos lá parados por um tempo.

— Senti saudade — sussurrei.

— Desculpa — sussurrou ele de volta — pelo outro dia.

Ele me levantou e passei minhas pernas ao redor da sua cintura. Então ele me encostou na parede e pressionou seu corpo contra o meu. Nós nos beijamos. Foi demorado, sensual e muito a nossa cara. Algo dentro de mim explodiu de alívio.

Mas quando Mike se afastou, ambos abrimos os olhos e o medo desagradável e incômodo nos encontrou em nossa cachoeira.

— O que vamos fazer? — perguntou ele, me colocando no chão.

— Olha, eu já pensei em tudo — falei, redirecionando Mike para seu lugar sobre a rocha. Peguei na minha mochila um prato coberto de papel alumínio com meus brownies especiais Carolina Bourbon, que sempre faziam Mike ficar focado antes de uma prova.

— O que é isso? — perguntou ele.

— Sustento para nos ajudar a planejar — falei, pondo um belo pedaço de brownie na boca de Mike. — Estive pensando, se for muito difícil conseguir o DVD do Baxter, vamos precisar de um plano B. E é por isso que achei a maneira perfeita de manter o policial bizarro sob controle.

— Gostei das palavras — disse ele.

— Gostou? — perguntei, me inclinando em sua direção. Tudo dependia de Mike participar do meu plano.

— Você está brincando? — Mike levantou uma sobrancelha daquele jeito sexy e típico dele. — Depois do jeito que o cara tratou você no aquário outro dia? Sou todo ouvidos.

— Um passarinho me contou que o policial Parker tem um ou dois DVDs com cenas dele mesmo que o incriminam — falei, ganhando confiança à medida que ele me provocava. Passei o dedo pelos botões de sua camisa e fiz cócegas em seu tórax. Assim estava bem melhor. — Vou nos levar até as tais provas legais do P.P. — falei. — E, se ainda assim ele não cooperar, talvez precisemos apenas levantar sua própria sujeira. — Então me inclinei para concluir: — Durante a exibição regular de "A caminho de Palmetto" que passa no baile.

Como nos últimos três anos eu e Mike provavelmente tínhamos mais filmagens em que aparecíamos juntos do que qualquer outro casal, todo mundo esperava que o nosso filme fosse de arrasar. Havíamos terminado de editar o vídeo muito antes de Palmetto ter anunciado seus vencedores, então tudo o que precisávamos fazer era entregar a Anger, o técnico residente que assistia a todos os vídeos no aquário para se certificar de que era apropriado para os menores que estavam na festa. Eu amava nosso filme quase tanto quanto amava usar minha coroa.

Então sentia uma dor profunda considerável ao pensar em tirar nossa fita de cena. Mas quando vi a expressão intrigada de Mike, soube que valeria o sacrifício.

— Você está pensando em trocar a nossa fita "A caminho de Palmetto" com a fita pornográfica do policial Parker? — Ele riu, sem acreditar no que ouvia. — Você quer mesmo fazer isso? Mas você ama o nosso filme.

— Também amo a ideia de chantagear o chantageador — falei.

— Bem, isso seria engenhoso.

Eu dei um sorriso.

— Ele vai ficar mais por baixo do que um pato durante a temporada de caça.

Mike percorreu os dedos pelos meus cabelos. Era tão gostoso que fechei os olhos e simplesmente aproveitei o simples conforto daquele momento. Mas quando abri os olhos, o cenho dele estava franzido novamente.

— O quê? — perguntei, sentando e segurando sua mão. — Por que essa cara?

Mike beijou minha mão, mas seu olhar ainda era preocupado.

— Estou feliz que você tenha pensando em algo para dar um jeito no P.P. Quero dizer, eu poderia matar aquele cara. Mas preciso lhe contar uma coisa.

Concordei com a cabeça.

— Tenho novidades sobre Baxter — disse ele.

— Ele está na reabilitação — falei, sem levantar o olhar. — Eu sei disso.

— É, bem, não por muito tempo — suspirou Mike. — Ele está voltando, a tempo do baile de sexta-feira.

Senti como se o ar úmido que vinha da cachoeira tivesse me sufocado. Deixei o brownie cair.

— Como você ficou sabendo disso? — perguntei. — Por que você não me contou?

— Estou contando agora. — A voz de Mike parecia defensiva. — Recebi uma carta dele hoje. Ele diz que sabe o que estamos planejando fazer, Nat. Não acho que ele vá deixar a gente escapar.

— Mas... o que aconteceu foi um acidente — gaguejei. — Não foi nossa culpa!

— Eu sei disso — concordou Mike. — Mas tudo o que aconteceu desde que J.B. morreu, toda essa armação...
— Ele se interrompeu. — Você entende que estamos tentando incriminar alguém de assassinato?
— É claro, eu entendo. Passei cada minuto em que estive acordada consumida por isso. Mas que outra opção nós temos? No fim será a palavra de Baxter contra a nossa. Em quem você acha que a escola vai acreditar?
Mike se afastou. Ele esfregava a testa de novo.
— Acho que não temos ideia do que estamos fazendo.
— Ele mordeu o lábio. — A carta veio de Kate. Acho que ela está protegendo Baxter.
Estreitei meu olhar. Essa era uma virada desnecessária. Em circunstâncias normais, eu puxaria Kate num canto para explicar sobre os perigos de se esperar muito de um garoto como Baxter. Eu iria sugerir que ela simplesmente cortasse os laços e seguisse em frente. Mas essa era a segunda vez que Kate cruzava meu caminho, e justo na semana errada, quando eu e Mike não tínhamos tempo nem energia para se preocupar com o bem-estar dos outros mais do que com o nosso.
— Kate não passa de uma vagabunda pirralha com dinheiro demais e Baxter é só um drogado — bufei enfim. — Eu lhe garanto que assim que ela ficar atraída por outro cara, não terá problemas em deixar seu posto. Não é como se ela estivesse fazendo visitas conjugais enquanto Baxter está em prisão domiciliar.
— Certo — disse Mike — então...
— Então é isso — sorri. — Você consegue que um dos seus amigos *linebackers* dê em cima dela no baile.

Certifique-se de que ele a leve em casa. Eu lhe garanto que será como se Baxter nunca tivesse existido.

Mike assentiu, mas começava a parecer confuso novamente.

— Ei. — Segurei seu queixo com a mão. — Lembra quando, não tem muito tempo, você amava minha determinação?

Ele deu uma risada triste e disse:

— Lembro.

— Ainda sou eu, amor. Ainda estamos juntos nessa. Só quero ficar lá parada ao seu lado e usar aquela coroa. Sei que você quer isso também.

— Eu não sei — disse ele. Suas palavras foram apressadas e soaram aflitas. — É como se eu quisesse estender a mão e tocar você, fazer com que se sinta melhor, fazer com que eu me sinta melhor. É tudo que eu sei fazer. — Ele balançou a cabeça. — Mas, ultimamente, sinto como se não soubesse de mais nada. Eu a amo, e estou tentando, mas não sei mais quem você é.

Foi quando notei o quanto eu e Mike estávamos desconectados. Nunca precisáramos tentar antes. Nunca houvera uma necessidade de reconectar simplesmente porque estávamos sempre juntos. Nossos amigos até nos chamavam de John e Yoko, fazendo gracinha porque onde um de nós estava, era sempre possível encontrar o outro.

Procurei pelo fecho do cinto de Mike. Talvez fosse um reflexo. Era tudo em que eu conseguia pensar para nos manter unidos, ainda que parte de mim soubesse que era errado.

— Não — disse ele, afastando minha mão.

Olhei para baixo na direção da minha mão como se algo tivesse me ferroado. Senti meu rosto desabar. Mike tinha acabado de me dispensar. Ele não teve a intenção. Não podia.

Sentei-me ao lado dele na pedra e puxei seus lábios para os meus. Ele correspondeu ao beijo, mas parecia mais um reflexo do que desejo.

Isso era tão frustrante. Enlacei meus braços no pescoço dele e beijei-o com mais força, escorregando a língua pelos seus dentes. Esperei sentir o puxão no meu lábio inferior que sempre indicava que ele estava entregue... mas nada aconteceu.

Um instante depois, ele me empurrou de novo. Meu coração estava acelerado, em pânico.

— Desculpe — disse ele. — Só não posso fingir que está tudo bem. Não consigo tirar o que fizemos da cabeça.

Mortificada, sentei na pedra sem encostar em parte alguma do corpo de Mike. Sentia como se ele tivesse me dado um tapa na cara. Uma leve brisa me fez perceber que meu rosto estava molhado. As lágrimas desciam pelas bochechas.

— Natalie — sussurrou ele, nitidamente sofrendo; o que só piorava tudo. Eu me senti desmoronar, bem devagar. Algo dentro de mim estava se despedaçando. E Mike ainda estava com as mãos no colo, sem me tocar. — Não. — A voz dele falhou e eu comecei a chorar de verdade.

— Não consigo evitar — falei, secando minhas lágrimas com a manga da blusa. — Eu não... simplesmente não posso fazer isso sozinha.

Por fim, ele se virou para mim e pôs uma mecha de cabelo atrás da minha orelha. Beijou minhas pálpebras, molhando os lábios nas minhas lágrimas.

— Você não está sozinha — disse ele —, estou nessa com você. Você sabe que estou. — Tentei respirar fundo, mas havia tanto tempo desde que eu chorara de verdade pela última vez que agora sentia como se não pudesse me controlar. Eu estava cansada. Muito, muito cansada.

Ele passou os dedos pelos meus cabelos de novo, com suas mãos fortes e finalmente me mostrou o sorriso que eu nem percebera que havia desejado tanto ao longo da semana inteira.

— Aqui — disse ele —, tenho algo para você.

— Tem?

Sequei os olhos enquanto Mike alcançava uma grande caixa branca atrás dele.

— Sei que você está esperando por isso — disse ele, me entregando a caixa.

Quando abri, engasguei. Eu havia esquecido completamente que o dia seguinte era o Dia do Jasmim. Eu tinha esperado quatro anos para ter o privilégio de usar a flor branca dos formandos, em vez da colorida e exagerada que era reservada aos demais. E esse jasmim era perfeito. Meus olhos arderam quando novas lágrimas ameaçaram cair — em meio àquela confusão toda, ele não tinha se esquecido. Ele ainda me amava. Eu não estava sozinha.

E o jasmim. Era maravilhoso.

Era grande o suficiente para impressionar, mas totalmente elegante também. Segurei a flor na altura do meu coração, onde a usaria pregada em meu macacão no dia seguinte na escola. No meio havia uma coroa com uma opala.

— Teve que ser uma encomenda especial — disse Mike. — Dick teve que ligar para três fabricantes diferentes para conseguir essa coroa. É a única do estado. Mas eu sabia o que eu queria — disse ele. — E consegui.

— É perfeita. É majestosa — falei, deslizando minha língua pela sua boca. Dessa vez ele retribuiu meu beijo de um jeito suave.

— É pesado demais para você? — perguntou ele, quando nos afastamos para tomar fôlego.

Encostei meus lábios nos dele de novo, feliz ao sentir o puxão no meu lábio inferior.

— Tendo você para me ajudar a suportar o peso — falei —, acho que consigo.

16

A serpente embaixo da flor

— Você viu o que a Peitões está usando hoje em seu macacão? — me perguntou Jenny na manhã seguinte quando eu estava em frente ao meu armário.

Bufei ao ajeitar meu jasmim para que ficasse em um ângulo reto perfeito.

— Não achei que ela fosse aparecer. Como ela conseguiu um par?

— Ao contrário — disse Amy Jane.

O jasmim dela era espalhafatoso e cheio de purpurina. Acendia como uma árvore de Natal quando um botão no centro era pressionado. Eu nunca usaria nada parecido, mas ela parecia conseguir. Ela baixou o tom de voz e se inclinou para a frente para dizer:

— Peitões não tem par. O papai encomendou um jasmim para ela por pena.

— É claro — disse Jenny, cujo jasmim era totalmente clássico e de bom gosto; no centro havia uma flor rara verdadeira. Jenny pigarreou e assentiu para o meu jasmim.
— Tenho certeza que foi por isso que ela conseguiu uma coroa no centro do jasmim também.
— O quê? — arfei. — Mike disse que o meu era único no estado.

Amy Jane deu uma risadinha e tirou um spray calmante de pepino para o rosto da bolsa.
— Uh uh uh — piou ela. — Sem estresse hoje. Seu rosto não pode ficar inchado na véspera da sua grande noite.
— *Eu* sou a princesa. Peitões nem chega a ralé. — Podia sentir minha respiração acelerar com rapidez, então me apoiei no armário para me equilibrar. Normalmente, algo assim não me deixaria tão irritada.
— Ela está pirando — disse Jenny. — Nat, você precisa ficar calma. A flor de Darla é cafona e não se parece em nada com a sua...
— A não ser pela coroa — rebateu Amy Jane automaticamente.

Tanto eu quanto Jenny lançamos um olhar intenso para ela, que deu de ombros.
— Desculpe — disse. — Jenny tem razão... A flor de Peitões tem as cores da escola. Totalmente cafona. De qualquer forma, ela nem estará na festa à noite... Ela não pode levar o pai como par, não é mesmo?
— Enquanto você, princesa Nat, será a mais linda do baile — continuou Jenny, então olhou para seu relógio — em menos de vinte de sete horas. Pelo menos se eu puder fazer alguma coisa a esse respeito. — Ela bateu palmas

e abriu seu PDA. — Então, todas vamos nos encontrar amanhã às quatro horas com nossos vestidos e maquiagens, certo? — Amy Jane e eu assentimos. — As Bambies vêm ajudar... não resmungue, você sabe que elas são boas quando é preciso trabalhar duro...

— Pelo menos é isso que o time de futebol americano diz...

Jenny revirou os olhos para Amy Jane.

— Nat, você deu seu DVD com sua história "A caminho de Palmetto" para Ari Ang?

— Claro — falei, meu coração se agitando por um instante quando pensei no DVD alternativo que eu carregava na mochila e no que estava prestes a desfazer. No fim faz contas, Slutsky acabou sendo útil. Quando eu a pressionei sobre os comprimidos que havia tirado da minha bolsa, ela ficou mais que feliz em me "emprestar" um dos vídeos pervertidos dela e do policial Parker; só para educação sexual, é claro.

— Uhhhhh, mal posso esperar — guinchou Jenny. — Aposto que será o melhor "A caminho de Palmetto" que essa escola já viu.

Dei um sorriso e assenti. Com certeza seria memorável. Mas, principalmente, depois da noite de amanhã, o policial Parker não me causaria mais problemas. Agora tudo que eu precisava fazer era encontrar um momento ao longo do dia para entrar na sala de projeção de Ari Ang para trocar as gravações.

O sinal tocou e abracei as meninas.

— Feliz Dia do Jasmim! — gritamos a caminho da aula.

A caminho da aula de francês, eu sabia que iria encontrar Mike próximo ao seu armário. Cheguei por trás dele em silêncio e cobri seus olhos com as mãos. Ele deu um pulo e se virou, depois tentou se recompor e pareceu relaxado quando viu quem era.

— Desculpe — disse ele. — Não sei por que fiquei assustado. — Ele olhou para baixo, na direção do jasmim e seu velho sorriso se espalhou pelo rosto. — Ei... que bela companhia. Tenho ouvido pessoas falando sobre esse jasmim o dia todo. Agora entendo por quê. Fica tão bem em você.

Ele me puxou, amassando um pouco o jasmim durante o processo, mas eu nem liguei. Dei um chupão de brincadeira em seu pescoço e ronronei.

— Estou tão feliz que as coisas tenham voltado ao normal entre nós — falei.

— Detesto interromper — disse uma voz atrás de nós. Interrompemos o abraço para encontrar o policial Parker com as sobrancelhas arqueadas e as mãos nos quadris. — Mas acho que terei que pedir que se comportem nos corredores. — Ele balançou a cabeça na minha direção. — Pensei que você tinha aprendido uma lição depois da nossa conversa na semana passada. Talvez você simplesmente seja muito pir...

— Cale a boca. — O punho de Mike estava cerrado e eu sabia que estaria a caminho do colarinho do policial Parker.

— Mike — me intrometi, separando os dois. — Pare com isso — arfei. — Ele tem razão. Vamos para a aula.

Guiei Mike até nossa última aula, deixando o policial Parker espumando no corredor.

— Não se preocupe, amor. — Segurei a mão de Mike. — Ele não vai ficar na nossa cola por muito mais tempo.

Mas em vez de ir para a minha aula de Francês, deixei Mike na aula de História e esperei até que os corredores estivessem vazios. E então me esgueirei para a sala de projeção com o DVD queimando em minha mochila.

O cômodo sem janelas estava escuro e frio e esbarrei em mais do que alguns suportes rolantes com TVs antes de encontrar uma luminária. Só tivera uma única aula ali, no primeiro semestre na Palmetto High, mas pela aparência do rolo de fita, da tela de projeção rasgada e do amplificador assombroso, daria para pensar que as coisas não haviam mudado muito no mundo tecnológico nos últimos três anos. Avancei pelos eletrônicos velhos em direção ao sótão, um recanto escondido nos fundos do ginásio. No dia seguinte, à noite, Ari Ang coordenaria o baile dali.

Anger era tudo, menos desorganizado, então não seria muito difícil encontrar seu fichário para o baile metodicamente etiquetado. Eu já havia colado no DVD substituto a mesma etiqueta "Nat & Mike" que usara no verdadeiro DVD com nosso "A caminho de Palmetto", então estava tudo certo.

Abri a porta à prova de som que levava até o sótão e entrei. O cômodo era uma miríade de botões e luzes piscantes que eu nunca iria entender, mas lá dava para se ter uma das melhores visões aéreas da escola. A janela pintada sobre a mesa de edição dava para o ginásio, que ficava em frente ao campo de futebol, onde eu tivera tantos bons momentos.

Mas quando me inclinei para olhar pelo vidro, fui tomada por uma lembrança específica, o tipo de lembrança que eu menos esperava.

Passara boa parte do meu primeiro semestre de caloura trabalhando em meu projeto final para Mídia 101 — um documentário da cidade de Charleston. Lembro-me de ter ficado surpresa ao notar o quanto eu estava envolvida naquilo, talvez todas aquelas horas enfurnada na sala de projeção editando tivessem sido uma desculpa para ficar longe da minha mãe e do papaizinho da vez. No fim, me lembro de ter me sentido muito orgulhosa do meu trabalho. Um dia, eu assistia à edição final depois da aula quando Justin Balmer entrou de repente na sala.

Eu estava usando os fones à prova de som, então não ouvi nada até que ele me deu um tapinha no ombro. Eu me virei tão rápido que os fones caíram.

— Ops — ele soou surpreso. — Eu estava procurando por Amber. Desculpe.

Amber Lochlan era uma garota mais velha e descolada da minha aula de mídia, que viria a ser a princesa de Palmetto daquele ano. Ela tinha o cabelo escuro e preto como o meu, então talvez as pessoas pudessem nos confundir de costas. Mas eu gostava de pensar que meu cabelo não era tão suscetível à umidade quanto o de Amber.

Dei de ombros para J.B.

— Não a vi.

— Ei, espere um instante — disse ele, apontando o dedo na minha direção. — Conheço você.

Congelei, balançando minha cabeça para mostrar que não, ele não me conhecia. Eu não era alguém conhecido.

Um sorriso se espalhou pelos lábios dele.

— Você é a garota nova, a que vive me evitando. O que faz de você meu próximo alvo.

— Poupe-se do trabalho — falei, me atrapalhando para recolocar os fones. — Não vai rolar.

— Ai... que cruel. — Ele se inclinou para a frente, quase roçando seus lábios nos meus. — Juro que nos conhecemos em outra vida. Você deveria me dar outra chance.

Meu corpo formigou ao toque dele, mas minha mente recuou com sua ousadia. Depois de arquejar algumas vezes, me forcei a afastá-lo.

— Nunca — soltei, evitando errar ao usar a palavra *novamente*.

J.B. me lançou um olhar furtivo e eu só fiquei ali, petrificada, depois de jurar várias vezes que nunca mais iria me sentir encurralada por um cara de novo.

E então o que eu mais me lembro é da expressão dele, mudando naquele momento. A cor fugiu do seu rosto e um canto da boca tremeu. Seus olhos se arregalaram, como se estivesse assustado, mas depois, tão rapidamente quanto se abriram se transformaram em fendas. Ele não disse nada, só voltou para a porta do sótão com passos estranhamente desajeitados, algo que atribuí à muita testosterona.

Agora, três anos depois, sozinha no sótão novamente, estremeci. Eu estivera muito consumida pelo meu medo naquele dia para ver o que havia por trás de sua saída apressada. J.B. devia estar precisando de seus comprimidos, já naquela época. Ele deve ter engolido sua dose de Trileptal assim que saiu dali, enquanto eu lutava para me controlar em frente à mesa de edição.

Abri o fichário com força. Eu *precisava* impedir que ele continuasse me assombrando. Eu iria sobreviver à noite seguinte. E ser pega rondando a sala de projeção não seria uma boa forma de começar. Percorrendo os arquivos, encontrei o material de Ari para o baile de amanhã. Dentro da pasta verde havia playlists de músicas lentas, playlists de músicas agitadas, roteiros para os palestrantes do corpo docente. E nosso DVD "A caminho de Palmetto".

Não havia tempo para sentimentalismo. Eu não podia pensar na cena de abertura, nós dois andando de braços dados por Capers Beach. Troquei os DVDs, joguei o original na minha mochila e segui para a porta.

O sinal para o segundo tempo estava prestes a tocar e eu ainda tinha tempo de ir para a aula de Inglês sem grandes incidentes. Correndo de volta para a claridade do corredor, virei e quase tive um infarto quando dei de cara com Kate.

— O que você está fazendo aqui? — perguntei asperamente.

— É uma autorização para andar pelos corredores durante o horário de aula, sabia? — Ela esfregou o cartão laminado na minha cara. — E sua desculpa, qual é? — Seus olhos se estreitaram na minha direção. — Por que está tão nervosa, princesa?

Havia uma nova frieza em sua voz e eu não gostava daquilo. Será que ela me vira saindo da sala de projeção?

— Adorei seu jasmim. — Mudei de assunto rapidamente, puxando um sino roxo particularmente chamativo preso à flor que usava. — Baxter comprou pra você?

— Hummm... mais ou menos — gaguejou ela. — Ele pôde fazer o pedido, mas eu tive que buscar diretamente com Duke ontem à noite... — Ela se interrompeu e depois me lançou um olhar gélido. — Quer saber? Não preciso me explicar. Você já deixou bem claro o que pensa sobre ele.

Observei como ela usava aquele jasmim brega com orgulho e suspirei. Mike e eu tínhamos o bastante nas mãos: assumir o trono *e* derrubar Baxter e P.P. Não podíamos deixar que Kate atravessasse nosso caminho também.

— Kate — piei, segurando seu queixo com as mãos —, você não vê que tudo o que quero é que você seja feliz? E... se um relacionamento a longa distância com alguém que está na reabilitação significa felicidade para você... bem, quem sou eu para julgar? — Sorri, apertando seu ombro para me despedir. — Vejo você amanhã à noite

17
Desliguem os malditos holofotes

— Deixem-me apresentar — Jenny leu suas anotações no microfone em frente a todo o corpo discente — o príncipe e a princesa de Palmetto, Mike King e Natalie Hargrove!

Três horas mais tarde e eu estava pronta e linda dentro do meu vestido longo cor de ameixa, de mãos dadas com Mike atrás das cortinas que nos separavam dos nossos súditos. Ambos usávamos nossas coroas brilhantes. Eu podia sentir a energia da escola inteira do outro lado da cortina. Quando ela se levantasse, a multidão iria berrar e Mike desceria comigo até o tablado para nossa valsa particular, o pontapé para que a festa começasse na pista. Eu não aguentava mais esperar para descer até lá.

Eu sabia que meu jasmim repousava em uma redoma de vidro sob um holofote no palco, assim todos poderiam subir e admirá-lo mais de perto. Eu também sabia que lá atrás, em um projetor, um DVD muito surpreendente aguardava a própria estreia.

— Você está pronta, amor? — Mike apertou minha mão.

— Estou pronta há tanto tempo — disse eu.

Rufaram os tambores do fosso onde ficava a orquestra e a cortina brilhante roxa se ergueu à nossa frente. Mike e eu piscamos pelas luzes ofuscantes que jogaram sobre nós. Prendi a respiração. O ginásio estava lotado com as versões mais bem-arrumadas de todos que conhecíamos. Grossas cortinas de pérolas cobriam o teto, conferindo ao lugar uma atmosfera de tenda opalescente. A música da tradicional valsa de Palmetto começou, então Mike se virou para mim e sorriu.

— Me concederia essa dança? — perguntou ele.

Havíamos ensaiado aquela dança mais de cem vezes — no quarto de Mike, nos corredores da escola, sob as arquibancadas como preliminares. Mas, quando começamos a dançar, percebi que não tínhamos praticado nenhuma vez desde tudo o que aconteceu com J.B. Por um instante, pareceu que ambos percebemos isso ao mesmo tempo e olhamos um para o outro com uma expressão de pavor no rosto. Mas depois, surpreendentemente, os passos voltaram com tanta naturalidade quanto se tivéssemos ensaiado sem parar ao longo da semana inteira. As luzes eram tão claras que eu não conseguia identificar ninguém na multidão, mas podia imaginar seus rostos virados na nossa direção e sorrindo com nossa primeira valsa.

— Uma salva de palmas para o casal real — comandou Jenny quando a música estava prestes a acabar. Os aplausos foram fortes e apaixonados. — Agora, convido a todos para *invadirem* a pista.

Mike me girou uma última vez e jogou meu corpo para trás para me dar um beijo.

— Drinques? — perguntou.

— Drinques.

Escapamos para os fundos do ginásio onde as gigantescas tigelas de ponche virgem-e-feito-na-cantina estavam sendo costumeiramente batizados pelo time dos protegidos de Rex Freeman.

— Essa é uma operação de responsabilidade, Rex — falei, rindo.

Ele deu de ombros. Seu rosto parecia tão vermelho quanto seu cabelo.

— Não posso fazer tudo sozinho — disse ele. — Que tal duas doses bem fortes para o príncipe e a princesa? — pediu para seus funcionários.

Os drinques foram entregues e Mike e eu nos sentamos em uma poltrona alta, olhando a festa se desenrolar na nossa frente. Todos pareciam incríveis — cabelos compridos e cores fortes para as garotas. Os meninos usavam smokings clássicos com lenços que combinavam com a cor do vestido de suas companheiras.

— Precisávamos disso, não é mesmo? — disse Rex, com um raro tom de sinceridade na voz. — Quero dizer, depois da semana que tivemos, todos precisávamos relaxar.

Mike e eu nos olhamos e assentimos.

Rex deu um tapinha no meu ombro e no de Mike.

— Vocês são os responsáveis por trazer as coisas de volta para os trilhos. Outro príncipe e outra princesa poderiam ter perdido a cabeça. Vocês dois nos deixaram fortes ao longo da semana.

— Obrigado, cara — disse Mike, pondo a mão sobre a de Rex, mas mantendo o olhar em mim.

Rex olhou para baixou e mexeu os pés. Quando olhamos para ele, seu rosto havia perdido o ar de seriedade e o usual brilho lascivo voltara aos seus olhos.

— Bem, me sinto um idiota agora — disse ele. — Tenho que entrar em contato comigo mesmo novamente arrancando um pedaço daquela Bambi ali.

Quando ele saiu, deitei minha cabeça no ombro de Mike. Ele estava rindo.

— Dá uma olhada na pista de dança. Todo meu trabalho duro dando resultado.

Segui o dedo indicador de Mike e vi Kate, com um vestido elegante cor-de-rosa, se agarrando com um anônimo jogador alto e de cabelos pretos.

— Quem é aquele? — perguntei.

— Quem se importa — disse Mike. — Não é Baxter Quinn. Rex me disse que Baxter se atreveu a aparecer esta noite...

— *O quê?* — engasguei.

— Não se preocupe. — Mike acariciou meu pescoço. — Ele nem conseguiu passar da porta de entrada. Aparentemente, ele fedia a whisky e Glass o mandou direto para seu agente da condicional. — Ele apontou de novo para a pista onde o *linebacker* dava um amasso em Kate. — Parece que o cara vai conseguir terminar o serviço hoje mesmo.

Tudo estava entrando nos eixos. Mesmo que o policial Parker estivesse ocupado separando os casais muito empolgados na pista, pelo menos ele estava nos dando tempo para respirar.

Antes que pudéssemos perceber, Mike e eu fomos chamados de novo ao palco para onde o comitê de dança levara dois tronos para que sentássemos enquanto todos assistiam à nossa versão de "A caminho de Palmetto"... ou era isso que esperavam pelo menos.

O diretor Glass subiu no palco.

— Só quero dar uma palavrinha — falou monotonamente.

— Sei! — gritou alguém da pista de dança.

— Quero parabenizar o corpo discente — continuou Glass, sem dar atenção — por sua maturidade e graça diante de uma semana tão difícil.

— Vou lhe mostrar o que é graça, babaca! — gritou alguém de novo.

Uau. Eu era a primeira a dar umas alfinetadas sobre o quanto o diretor Glass era caído, mas estava surpresa por ver alguém sendo tão grosseiro. Tentei pensar em quem teria a coragem... era melhor que Baxter Quinn não tivesse se infiltrado ali de novo.

Por que Glass não parava para mandar que as pessoas se calassem?

— Sei que todos nós iremos continuar lidando de um jeito próprio com a perda de Justin Balmer. Ele está em nossas mentes e corações todos os dias.

— Babaquice!

Espere um instante, eu conheço essa voz. Ligeiramente infantil com um pouquinho de sotaque. Mas não, era impossível. Olhei para Mike para ver se ele estava pensando o mesmo que eu. Ele me olhou e sorriu. Será que não tinha ouvido?

— Quero agradecer ao corpo discente pela cooperação total e irrestrita ao policial Parker — disse Glass.

— Alguém já teve as partes íntimas revistadas? — A voz no auditório ficou mais clara.

Levantei-me do trono e dei um passo a frente no palco. Eu precisava saber de onde estava vindo.

— Nat — sussurrou Mike —, sente-se. O que está fazendo?

— Preciso encontrá-lo — sussurrei de volta.

— Acho que não é o momento certo. Podemos cuidar do P.P. depois.

— Não é o P.P. — falei. — Essa voz... é...

J.B.

Sentindo-me febril, tropecei para trás, caindo de quatro no chão bem na frente do trono. Justin caminhava na nossa direção, mas seus pés não tocavam o chão. Em vez disso, seus passos eram lentos, passando sobre as cabeças do restante dos alunos. Era como se ele estivesse iluminado por dentro. E estava tão sexy de smoking. Havia um lenço em sua lapela — do mesmo tom ameixa do meu vestido.

Ele estendeu as mãos como se as oferecesse a mim, mas então eu vi que elas estavam presas por cordas e por um longo e crescente rebento de musgo espanhol. Em suas mãos havia uma porção de comprimidos.

— Me solta — balbuciou ele, seus olhos verde-esmeralda me perfurando.

— NÃO! — gritei.

O diretor Glass riu ao microfone.

— Ah, Natalie, não seja tímida. Eu tive a honra de ver seu documentário mais cedo e posso garantir que estamos prestes a assistir algo muito especial.

— Ele está aqui. Está nos observando — choraminguei. Por que mais ninguém fazia nada a respeito de J.B.? — Ele vai...

Mike se levantou e me segurou.

— Ela quer dizer Justin — explicou ele calmamente para o público. — É claro que ele está olhando por nós hoje, querida — arrulhou ele alto para que todos ouvissem. — Nat está apenas exausta. Está muito perturbada. Todos nós estamos — disse Mike, assentindo.

Eu podia ver os outros sussurrando. Sentia o suor escorrendo pelo peito e via pontos de luz vermelhos em frente aos meus olhos. Antes deles, pairava J.B., diretamente acima de nossas cabeças. Ele tentava alcançar a coroa de Mike.

— Pode ficar com ela! — gritei, arrancando a coroa da cabeça de Mike. — Aqui, fique com a minha também!

Minha coroa tinha sido presa ao meu cabelo ao longo de uma cuidadosa sessão de uma hora, na qual grampos e uma lata de laquê foram utilizados. Seria necessária toda a minha força e metade dos meus folículos capilares para tirar aquilo da minha cabeça.

Mas depois eu estaria livre daquilo para sempre.

Joguei as duas coroas o mais longe que pude, como se fossem *frisbees* malfadados. Em meio a um silêncio mortal, elas caíram na nossa frente no palco com um estalo.

— Não consigo respirar — falei, apertando minha garganta. — Tirei a coroa e mesmo assim não consigo respirar. O que mais você quer de mim?

Então Mike me ergueu em seus braços e me tirou do palco.

— Aproveitem o filme — disse ele olhando para trás para a plateia.

— O que está acontecendo com você? — sussurrou ele quando estávamos a sós atrás das cortinas.

Olhei para trás e pude ouvir o diretor Glass gaguejando, nervoso:

— Fiquem todos calmos, por favor.

E então minha coroa parou de rolar bem no meio do palco.

18
Aquele que derrotamos

— Minha coroa está aqui? — perguntei para a moça gentil debruçada sobre a lata de lixo atrás da escola na segunda de manhã. Eu nunca vira ninguém além de alunos ali, mas era bom ter companhia.

— Encontre seu próprio baú do tesouro, princesa — rosnou ela para mim. — Essa área é minha.

Quando ela enfiou a cabeça dentro da lata de lixo de novo, notei que usava uma roupa de treino de nylon grande demais e o tipo de chinelos que se ganha quando se faz as unhas dos pés. Mas eu ainda invejava a determinação em sua voz. Ela sabia o que queria. Sabia o que era seu por direito. Ela me lembrava alguém que eu costumava conhecer...

— Ei. — Ela tirou a cabeça de lá outra vez, segurando a espinha suja de um peixe e balançando aquilo na minha cara como se fosse um dedo. — Não foi você que ganhou aquele concurso, rainha ou algo assim? Você não deveria estar lá dentro, na aula?

Inspirei, sentindo o tão familiar cheiro de peixe.

— Eu só estava procurando pela minha coroa — falei. — Eu a perdi.

— Aqui — cacarejou ela, remexendo na lixeira. — Use isto.

Ela puxou um chapéu de bobo da corte, descartado depois da festa de Mardi Gras de alguém, e pôs na minha cabeça. Estava coberto por algo esverdeado que tinha um cheio azedo e caiu no meu peito fazendo um barulho molhado. Desgrudei o chapéu do meu moletom velho da Palmetto High e o segurei na minha frente.

— Combina com você — disparou ela antes de voltar para o lixo e catar um balde com frango. — Se me der licença, é hora do café da manhã.

— Claro — assenti, largando o chapéu. Ouvi o sinal tocando ao longe, então me lembrei: eu ainda precisava ir para a escola.

Eu era Natalie Hargrove e estava começando minha primeira semana como princesa arruinada de Palmetto recebendo dicas de moda de indigentes.

— Argh — falei, correndo para lavar minhas mãos lá dentro.

— Meu Deus, que cheiro é esse? — disse Kate Richards, prendendo a respiração quando entrei correndo no banheiro mais próximo.

— Calem a boca, Bambies — disse eu, colocando Kate no mesmo grupo que as outras. Liguei a água quente. — Saiam.

— Com prazer — disse Steph Merritt se afastando.
— Você quer uma escova ou algo assim emprestado? — perguntou ela.

Olhei para meu reflexo no espelho. Talvez tenham se passado alguns dias desde que tomei banho pela última vez. Acho que realmente parecia possível misturar os ingredientes de uma salada nas raízes do meu cabelo. O moletom, mesmo com a mancha verde do chapéu de bobo da corte, não combinava com meu jeans verde-escuro. E eu sabia que se minha mãe visse minha base manchada agora muito provavelmente me colocaria de castigo.

Mas eu não ia aceitar caridade de ninguém — nem dos vagabundos lá de fora, nem das Bambies e suas escovas.

— Estou bem — menti, provavelmente pela centésima vez desde a crise que tivera no baile de sexta-feira.

Havia sido um longo fim de semana. Mike apareceu, mas eu não quis vê-lo. O telefone tocou e eu o desliguei. Minha mãe bateu na porta e eu a tranquei. Tudo que eu conseguia fazer era assistir ao nosso DVD original com "A caminho de Palmetto" sem parar e ficar obcecada sobre o que acontecera no baile depois que eu saí.

Para completar: eu não conseguia esquecer que tinha visto um fantasma. Parecia apenas uma questão de tempo até J.B. voltar para me assombrar novamente — para sempre.

A manhã chegara muito rápido e agora começava a ficar claro para mim que eu tinha duas identidades: havia a Natalie que essas Bambies viam à sua frente — esfarrapada, sensível e sem banho. A arruinada. E havia a verdadeira Natalie — a que estava consumida por nada além da ideia do retorno de J.B.

Saí do banheiro e andei entorpecida pelo corredor. Eu iria mesmo para minha primeira aula, sentaria na carteira e abriria meu fichário de Palmetto com detalhes em alto relevo para anotar alguma coisa? Iria mesmo enfrentar outra semana da fábrica de boatos?

— Nat? — Senti a mão de alguém tocar atrás do meu ombro. Era Amy Jane com uma expressão preocupada. — Liguei para você o fim de semana inteiro.

Assenti, mantendo a boca fechada.

— Estou tentando organizar uma festa para exibir seu filme "A caminho de Palmetto" e preciso saber se você vai estar disponível.

— Isso não será necessário — murmurei.

— É claro que é. Você e Mike trabalharam duro neste filme. Para ver o seu grande momento interrompido só porque teve hipoglicemia na hora errada... hum, isso na sua blusa é sopa de ervilha?

— Espere. — Levantei a cabeça. — O que você disse? Não passaram o filme na sexta à noite?

— É claro que não — Amy deu de ombros. — Não parecia a coisa certa a ser feita sem a presença do casal real. Depois que você desmaiou, acabamos dispersando. — Ela se inclinou para a frente. — Está tudo bem? — Suas pupilas parecem dilatadas.

— Você está me dizendo que Ari não exibiu o filme? — Agarrei as alças da minha mochila em busca de apoio.

Amy Jane assentiu, mordendo o lábio.

Então todos os velhos inimigos continuavam de pé. Nada fora consumado na sexta à noite. E agora era só uma questão de tempo até Baxter e sua mente dopada aparecerem. Diante dos antecedentes instáveis de Kate Richards, ele podia facilmente seduzi-la de novo. Para piorar, eu não tinha nada para coagir o policial Parker a ir atrás de Baxter em vez de mim. Houvera um momento iluminado na sexta à noite, quando todas as estrelas pareciam alinhadas para que eu e Mike ficássemos livres. Por causa do fantasma de J.B. tudo que tínhamos planejado escapara por entre nossos dedos. Teríamos que começar do zero. A essa altura, eu sabia que não tínhamos essa chance.

— Então posso contar com você na quarta às quatro, quinta às seis ou sexta às... Nat? — chamou Amy Jane. — Para onde você está indo?

Virei a caminho do corredor onde ficava o armário de Mike e dos outros jogadores de futebol americano. O dele estava vazio.

— Onde Mike está? — perguntei para o primeiro grupo de estudantes que passou.

Eu não sabia seus nomes, mas eles saberiam quem eu era e quem era o meu namorado. Mas em vez de me dar qualquer resposta útil, o grupo todo se afastou de mim de forma assustada até dar de costas nos armários.

— Não sabemos — gritou um deles. — Não nos machuque.

— Alguém já lhe disse que o que você não sabe *pode* machucá-lo? — soltei e continuei andando.

— Srta. Hargrove, posso dar uma palavrinha? — Era a secretária, Sra. Runner, sua cabeça aparecendo no corredor do nada. Eu pulei como se tivesse visto um fantasma de novo.

— Uma palavrinha? — repeti. — *Deposto*.
— Como é?
— Existe outra palavra?
Ela coçou o queixo.
— Eu não saberia dizer. Mas o diretor Glass gostaria de vê-la na sala dele — disse ela. — Agora.
— Eu... — Olhei por sobre o ombro dela na direção das divisórias do aquário e vi o policial Parker junto ao diretor Glass. Havia outro policial lá também.
Meu coração começou a bater com tanta força que eu mal conseguia pensar. Tinha acabado? Eles sabiam?
— Eu não posso — falei finalmente, dando um passo para trás e depois outro. — Tenho... tenho outro compromisso.
— Como? — disse a Sra. Runner.
Por mais ingrato que o trabalho dela fosse, acho que não estava acostumada a ouvir um não de um aluno.
— Avise a Glass que terá que ficar para uma outra ocasião — falei passando por ela rapidamente. — Me desculpe.
Na verdade, eu tinha mesmo outro compromisso. Só conseguia pensar em uma pessoa capaz de afastar de mim aquela nuvem assombrada. Subi em direção ao banheiro do terceiro ano, subindo dois degraus de cada vez.
— Tracy — falei, abrindo a porta com força. Um grupo de alunas interrompeu a conversa e olhou para mim. — Preciso ver você.
De repente, havia muitas sobrancelhas feitas arqueadas no banheiro.

Tracy estava de pernas cruzadas no chão. Ela havia soltado o cabelo preto das tranças e ele tocava o chão. Seus óculos cor de safira pareciam impor entre nós uma barreira mais fria do que o normal. Ela olhou para seu relógio.

— Desculpe, mas o sinal vai tocar.

— Mate essa aula — disse eu sem rodeios.

— Estou lendo a sorte de outra pessoa agora — disse ela com frieza. — Por que você não volta na hora do almoço?

— Acho que não, já estou aqui agora. — Não ousei olhar no espelho novamente, mas de repente pensei se ter atitude e usar dos meus privilégios de formanda seria menos eficiente com aquela minha aparência.

Nós nos encaramos por uns bons trinta segundos, até que as outras meninas do terceiro ano começaram a se sentir desconfortáveis, recolhendo suas trouxinhas de maconha e prendendo os dreads.

— Quer saber, Tracy? — disse Portia Stead, dando de ombros. — Podemos voltar no próximo intervalo.

— Não — disse Tracy, parecendo nervosa. — Por que vocês todas não ficam...

Mas rapidamente as meninas saíram do banheiro e logo eu e Tracy estávamos sozinhas. Ela balançou a cabeça na minha direção.

— O que aconteceu com você? — perguntou ela.

Ela não disse aquilo com aversão, como fizeram as Bambies mais cedo, ou da forma como Mike perguntara na sexta-feira. Tracy perguntou genuinamente assombrada.

— Eu não sei — confessei, me sentando em um dos pufes do chão. Era tão bom relaxar, deitar e fechar os olhos.

— Corte o baralho — disse ela.

Quando abri meus olhos, ela segurava as cartas do tarô. Eu a havia visto lendo para as meninas muitas vezes, mas nunca realmente acreditara. As profecias delas para mim eram sempre verbais, Tracy parecia saber das fofocas antes, e descobria as mentiras melhor que qualquer outro em Palmetto. Mas se ela queria pegar mais pesado hoje, eu não ia argumentar.

Eu me inclinei para a frente e parti o baralho ao meio, deixando que ela desse as cartas. Quase esperei sentir um formigamento mágico ao tocá-lo, mas era como se estivéssemos brincando.

Tracy alinhou seis cartas em duas fileiras com três cartas cada. Ela as observou por alguns minutos, passando os dedos pelas arestas. Seus lábios se moviam, mas não saía som algum. O sinal tocou e nenhuma de nós se moveu.

— Não sei o que você fez — disse ela finalmente. — Mas sua consciência está muito pesada. — Ela estreitou os olhos e esfregou a testa. — As coisas estavam indo bem para você, mas você abusou de alguém, de alguém vulnerável.

Minha garganta estava seca, eu não podia engolir. Ela levantou o olhar para me ver.

— Não sou eu falando, ok, Nat?

Ela pigarreou.

— Você está... você está ficando sem pessoas em que pode confiar.

— Bem, me diga o que fazer — pedi. — Simplesmente olhe as cartas e me diga como posso consertar as coisas. Ainda posso tê-las de volta.

Tracy mordeu o lábio.

— Para algumas já é tarde — disse ela devagar.

— Você precisa me ajudar, Tracy. Eu confio em você.

Ela deu de ombros e balançou a cabeça.

— Não posso lhe dizer mais nada, Nat. Eu só vejo o que está nas cartas.

— Leia de novo — ofereci. — Aqui, vou cortar.

— Você sabe que não funciona dessa forma.

— Não, não sei — insisti. — Não sei mais nada.

— Você sabe como tomar medidas drásticas — disse ela. — É óbvio. Vai saber o que fazer para sair dessa. — Ela inclinou a cabeça. — Ou não. Mas acho que, dessa vez, você está realmente sozinha.

A buzina de um carro soou do lado de fora e Tracy olhou o relógio de novo.

— Agora eu tenho mesmo que ir — disse ela, se levantando. — Você sabe muito bem que um homem detesta ficar esperando.

Pensei em Mike, que eu mais ou menos tinha deixado esperando o fim de semana inteiro. E agora que eu finalmente estava pronta para ele, não conseguia encontrá-lo em lugar algum. Eu precisava saber se realmente tinha estragado tudo com ele depois da noite de sexta, mas quando a pergunta se formou na minha cabeça, Tracy já tinha aberto a janela e começava a sair.

— Espere... — chamei.

Ela desceu passo a passo apoiando-se em alguns tijolos, abaixou-se e pulou para o chão um andar abaixo; e, quando fez isso, seus óculos escorregaram para a ponta do nariz. Quando ela me olhou, percebi que eu nunca tinha visto seus olhos antes. Suas íris eram de um tom roxo esfumaçado e havia algo nelas quase... nebuloso, como nuvens passando sobre a baía depois da tempestade.

Ela me lançou uma longa e exagerada piscadela, depois recolocou os óculos sobre os olhos brilhantes. Um instante mais tarde, ela escapulia pelas árvores de Chipre para a rua.

Uma van branca estava parada na rua e ela abriu a porta para entrar. Eu estava a mais de quinze metros e olhando por uma janela que provavelmente não era limpa desde que a escola fora construída, mas ainda assim ficou claro que a van na qual Tracy subia agora era a mesma que Slutsky subira no bar outra noite. O posto comercial de drogas circulava mesmo. Meu coração afundou ainda mais quando pensei na fábrica de boatos espalhando que os comprimidos antiepilépticos de J.B. estiveram comigo. Eu estava ficando sem cartas na manga e, o que era pior, não havia mais ninguém a quem eu pudesse recorrer.

Não havia mais ninguém em quem pudesse confiar, só eu mesma.

19

Dormir nunca mais

Dessa vez sem vestígios de migalhas de pão ou cuecas, fui para a cachoeira sozinha. Meu encontro com Tracy no banheiro de manhã tinha me deixado impressionada. Seus olhos revoltos continuavam me assombrando e eu não conseguia me esquecer de todas as previsões que fizera. Ela havia acertado quando disse que Mike ganharia e seria príncipe de Palmetto. Ela havia acertado quando disse que a vingança estava próxima (embora, no fim das contas, J.B. foi quem conseguiu se vingar e não eu). Até mesmo hoje ela havia acertado quando disse que eu estava sem opções e totalmente por minha conta. A única previsão que ainda não tinha acontecido era "a queda" depois da vingança. Eu ainda não conseguia entender direito o que aquilo significava — e por isso estava ali hoje.

Chovia de novo e a subida era íngreme e lamacenta. Segurei em alguns galhos para me equilibrar enquanto pisava nas plantas carnívoras pelo caminho. Eu nunca tivera medo de escalar sozinha durante a noite, mas estava tremendo agora.

Talvez ajudasse me lembrar que eu não tinha nada a perder.

No fim do caminho, o pio de uma coruja me recepcionou; ela parecia um gato preto e gordo naquele abeto. Eu me abaixei para passar pelo galho dependurado e entrei na caverna de pedra lapidada pela água. Era a minha primeira vez na cachoeira sem Mike — e acho que a primeira vez que eu realmente via como era o lugar. Nas outras vezes, o destino era apenas o nosso pano de fundo. Naquela noite, a alcova parecia apertada e perigosa, tudo era escorregadio, úmido e frio.

Fiquei parada na base, onde costumava gostar de me erguer sobre Mike deixando-o nervoso quando eu chegava tão perto da beira que a água escorria pelo meu cabelo. Olhar da beirada agora me dava vertigem. Sentei de volta no esconderijo para respirar.

Eu estava segura ali. Finalmente estava segura e sozinha. Era um sentimento com o qual eu planejava me acostumar.

Eu tinha um plano. Sabia o que precisava fazer.

Entretanto, não era certo não me despedir de Mike. Sentia um aperto no peito só de pensar naquilo. Como eu iria encará-lo? E, ainda por cima, como expressar tudo que tínhamos feito de errado? Como explicar onde eu tinha ido parar depois de hoje à noite? Como alertá-lo sobre o caminho que deveria tomar daqui para frente?

Entenda o quanto puder, você vai conseguir.
Sempre sua, Natalie

Sem desculpas, que na maioria das vezes eram indesejadas em vez de insuficientes ou tardias. Ele entenderia isso quando lesse o bilhete que eu havia deixado no seu armário. Se ele não...
Ali estava seu rosto. Por todo o álbum que eu havia trazido comigo na mochila.
Eu não pretendia abri-lo ali; era só uma das coisas que eu não podia deixar para trás. De repente, lá estava eu revendo o álbum e repassando nossa vida juntos, virando as delicadas páginas e procurando por algum tipo de resposta.
Havíamos amadurecido durante os três anos de relacionamento e, embora eu tivesse sido bastante cuidadosa ao documentar tudo, acho que na verdade nunca reservei um momento para ver o álbum depois que ele ficou pronto. Era engraçado: grande parte das fotos foram tiradas de um mesmo ângulo e a nossa distância da câmera não era maior do que um dos nossos braços pudesse alcançar. Era como se estivéssemos tão envolvidos um com o outro que não dava para nos largarmos e pedirmos para que outra pessoa tirasse a foto.
Eu não sabia quem de nós havia desistido primeiro nessas últimas semanas. Eu só sabia que agora estava frio e a persistente névoa da água embaçava a capa de plástico

do álbum. Meus dedos tremiam e estavam ficando azuis conforme eu virava as páginas. No fim do álbum havia dez páginas em branco — marcadas e reservadas para as fotos que eu pretendia tirar de nós dois na corte de Palmetto na sexta à noite.

Que fiquem em branco. Pelos menos estariam mais puras assim. Pelo menos seriam apenas mentirinhas inocentes.

Uma vez no primeiro ano, na aula de redação, tivemos que escrever sobre um tema: Finja que sua casa está queimando e você só tem alguns minutos para fugir. Quais seriam as cinco coisas que pegaria a caminho da porta?

O exercício deveria nos ensinar sobre o que valorizar, sobre o que não poderia ser substituído. Deveria mostrar que cada um saberia o que era importante de imediato, no calor do momento. Eu costumava pensar sobre o que aquilo tratava. Por que seu mundo inteiro precisava pegar fogo para que você tivesse aquele tipo de lucidez?

Um dia, eu teria pegado meu jasmim e o enfiado amassado na mochila, mas as coisas terminaram de um jeito diferente do que eu esperava. Para onde eu iria agora, uma flor de seda gigante, lacinhos pendurados e o raro pingente de coroa eram inúteis.

Minhas mãos tremiam. Fechei o álbum e procurei na minha mochila pela única coisa que eu sabia que me deixaria mais calma.

— Nat, o que você está fazendo?

Era Mike. Ele passou por baixo do galho para se juntar a mim.

— O que *você* está fazendo? — perguntei, deixando a mochila cair.

— Você não estava na escola, não estava em casa. Comecei a ter um pressentimento ruim.

O casaco de chuva preto de Mike pingava quando ele o tirou e jogou no chão. Lá fora, o pio da coruja enchia o ar.

— Você não deveria ter vindo aqui— falei.

Mike suspirou e cruzou os braços. Ele se inclinava na placa de pedra do outro lado da alcova. Ele parecia estar muito perto de mim, sufocante, e, ao mesmo tempo, muito distante.

— Nat, recebi um telefonema hoje — disse ele, olhando para todos os lugares menos para mim. — Era o seu pai.

— Isso é impossível — falei, e mesmo então meu cérebro começou a trabalhar rápido para encontrar logo uma explicação, uma saída. Mas eu estava tão cansada. Era o fim.

— Não estou zangado — disse Mike. Ele se sentou ao meu lado e procurou pela minha mão. — Parece loucura, mas muita coisa finalmente faz sentido. Eu até mesmo entendo por que você mentiu.

Tirei minha mão da dele.

— Você não sabe nada sobre por que eu fiz o que fiz. Você não sabe nada sobre mim.

— Seu pai me contou muito mais do que você jamais contaria — disse ele. — Ele disse que está tentando se aproximar de você novamente.

Por um instante, imaginei exatamente como meu pai teria resumido nosso passado sórdido. Teria ele contado a Mike sobre os dois anos que passara fingindo ir trabalhar no cais, mas acabava sempre caído no bar? Ou o quão longe fora depois que seus amigos da delegacia prenderam um par de algemas em seus pulsos? Mike podia ser um novato quando se tratava de ser enganado pelo meu pai, mas eu acreditara em suas desculpas e promessas de mudança vezes demais para cair em mais uma decepção.

— Você não conhece meu pai — disse eu, resoluta. — Ele é um trapaceiro.

— Ele está preocupado com você — disse ele. — Acho que temos isso em comum.

Eu me levantei, indo até a beirada estreita de pedra. Eu nem podia acreditar que estávamos tendo aquela conversa. Era quase uma pena que eu nunca mais iria ver o meu pai e não teria a chance de dar uma bronca nele por causa disso.

— Mike, você não pode simplesmente acreditar em tudo que falam para você. Ele não ligou para você porque estava preocupado comigo — falei. — Meu palpite é que ele ligou quando ficou sabendo da sua herança.

Mike balançou a cabeça.

— Você está zangada — disse, e tentou me envolver com os braços. — Você só está cansada e zangada.

Eu o empurrei.

— Você está *inconsciente*.

Então o rosto de Mike se ruborizou e ele deu um passo, erguendo-se na minha frente.

— Eu estou "inconsciente"? — perguntou ele. — Fui eu quem quis assumir o que aconteceu desde o início. Não fui eu que passei minha vida inteira fugindo do meu passado.

— Por que você faria isso? — disparei. — Você é Mike King. Não tem nem ideia como é ter de fugir.

Falando nisso...

Era hora de partir. Eu queria deixar Charleston por cima de alguma forma. Queria apenas uma simples despedida na cachoeira, mas agora que Mike tinha aparecido e tornara isso impossível, eu só queria sair dali o mais rápido possível. Eu me abaixei e peguei minha mochila, enfiando o álbum lá dentro.

— O que é isso? — perguntou Mike, tirando o álbum das minhas mãos.

O álbum caiu aberto em uma foto que mostrava nós dois exatamente naquele mesmo lugar, em uma época muito mais inocente do nosso relacionamento. Ele levantou a cabeça para me olhar, e seus olhos se encheram de água.

— Por que você trouxe isso para cá? — perguntou. — O que mais tem nessa sua bolsa?

— Nada — murmurei. — Só quero que você me deixe em paz.

— Natalie, o que está acontecendo?

Ele tentou puxar a mochila do meu ombro, mas eu segurei as alças com firmeza. Depois de meio segundo de cabo de guerra, senti o zíper ceder. Abriu bem no meio, deixando o que havia dentro exposto como uma planta carnívora roxa. Cerca de vinte pacotes de chiclete Juicy Fruit saíram voando em todas as direções e engasguei quando uma coisa que realmente não queria que Mike tivesse visto voou pelo ar e aterrissou aos seus pés.

Ele se abaixou para pegar. Prendi a respiração. Ele engoliu com dificuldade quando seus olhos percorreram meu bilhete de ônibus só de ida para Nova York.

Sua sobrancelha franziu. Ele olhou o relógio e disse:

— Você vai chegar meio em cima da hora de embarque, não acha?

— Mike.

Dei um passo em sua direção, mas ele me empurrou. Eu me desequilibrei para trás, batendo na parede de pedra. As mãos dele pareceram tão brutas no meu peito.

— Deixe-me adivinhar — disse ele, o tom de voz cheio de um veneno que eu nunca ouvira antes. — Acha que eu não entendo, certo? A torturada e complicada Nat e seu ingênuo e rico namorado. É isso o que você pensa?

Há um tempo, eu teria me jogado até ele e implorado por seus lábios nos meus e assim pararíamos de dizer essas coisas que não queríamos dizer. O pior agora era que queríamos dizer tudo que estávamos dizendo.

— Me deixa em paz — falei. — Solte minhas coisas e me deixe em paz.

— Não. — Ele dobrou a passagem e enfiou no bolso. — Você acha que se desaparecer o que fizemos vai desaparecer também? Não vou deixar você ir, Nat. Não com isso tudo acontecendo.

— Você vai se sair melhor sem mim — falei, sabendo que ambos estaríamos melhor sozinhos. Ninguém jogaria a culpa de tudo isso só em Mike e quem sabe, em algum lugar distante, houvesse uma chance de recomeço para mim também. — Me dê minha passagem — falei, esticando a mão.

— Não.

Mike cruzou os braços. Eu não tinha escolha. Me aproximei dele uma última vez. E, uma última vez, ele me empurrou.

Só que dessa vez ele usou força suficiente para fazer diferença. Dessa vez, eu não parei de tropeçar para trás até não haver mais chão para tropeçar. Meu pé chegou à beira da cachoeira, e eu e Mike trocamos um olhar.

Nós sabíamos. Naquele momento, ambos sabíamos exatamente o que ia acontecer. Sua mão se esticou para segurar a minha. Mas era tarde.

De certa forma, será que sempre fora tarde para mim e Mike? Claro, eu havia tentado recomeçar quando fui para Palmetto, mas acho que alguns passados são fortes demais. O meu tinha seu jeito de me aterrorizar. Eu só podia lutar contra ele pelo tempo que tive antes de cair.

Quando chegou, eu deixei que acontecesse. Pode-se até dizer que foi bem-vindo quando eu caí para trás com o máximo de graça que consegui exibir, em direção ao lençol de água gélida e além. Para o fundo do lago tranquilo e escuro lá embaixo.

20

Jovens demais

Alguns dizem que sua vida passa em flashes diante de seus olhos antes da morte. Para mim, foi um único momento. A mesma água, outra queda.

Eu tinha treze anos e iria nadar pelada pela primeira vez.

— Corre — chamou Sarah do lado oposto do caminho de cicutas. — Vai esquentar quando entrarmos na água.

Ela já havia deixado suas roupas em uma pilha perto de mim. Olhei para seu fino sutiã cor-de-rosa, seus shorts cortados, a camiseta branca sem mangas que ela comprara num pacote com três na farmácia. Imaginei como deveria ser sua aparência do lado oposto do arbusto, nua a não ser pelos chinelos e pelo colar com dente de tubarão que ela sempre usava. A tatuagem na parte de baixo de suas costas deveria parecer brilhante em contraste com a pele branca sob a luz da lua. Ele estaria tremendo e apertando os braços contra o peito. Dava para notar isso em sua voz: ela mal podia esperar para entrar na água com os meninos.

Eu estava nervosa. Eu não conhecia esses garotos que ela encontrou no estacionamento do cinema do outro lado da cidade quando estava num encontro com outra pessoa. Pela história que contou, um deles baixou a janela do Camaro e ela já estava lá dentro antes mesmo que ele sugerisse que ela trocasse seu par por um encontro com alguém com um carro mais rápido.

— Estamos falando de meninos de Palmetto — me disse ela mais tarde naquela noite ao telefone. — Eles dirigem rápido, falam rápido e se movem rápido. Não são como ninguém que conhecemos.

Havia pouco tempo que ela tinha me convencido a ir com ela encontrá-los atrás da casa de um deles na enseada. Fosse ele quem fosse, aquela nem era a casa onde ele morava, Sarah me contou animada; era uma casa extra para os fins de semana, algo que só as estrelas de cinema deveriam ter.

Precisávamos pegar carona para chegar lá, a roupa de banho e uma roupa mais bonitinha estavam enfiadas em uma bolsa de praia para que ninguém do bairro desconfiasse se nos visse na rua. Uma coisa era escapar e ficar em Cawdor; ir para Palmetto era outra história. As pessoas poderiam começar a pensar que você se achava mais importante do que o lugar de onde tinha vindo.

Os meninos eram maioria. Eles eram maiores e mais velhos e suas roupas de banho provavelmente custavam o dobro da minha e da de Sarah juntas. Eu fiquei sem graça com meu maiô inteiro de uma cor só e decote nadador que me deixava ainda mais magra do que era. Sarah viu aquilo estampado no meu rosto.

— Eu tenho uma ideia — cantarolou ela.

Vinte minutos mais tarde, ela ainda esperava que eu tomasse coragem para tirar a roupa e me encontrar com ela na doca. Iríamos ficar ali por um instante, sob o luar, para então mergulhar — longe dos meninos o suficiente para que fôssemos pouco mais que silhuetas, longe o bastante para que eles entendessem o espírito da coisa.

Até que por fim ela veio e tirou minha blusa pela cabeça.

— Ei — reclamei. — Achei que você gostasse de meninos.

Estávamos rindo quando ela desabotoou meu jeans e libertei minhas pernas.

— Até que enfim. — Ela riu, dando uma conferida quando passei meus braços sobre o corpo, tremendo. — Gostosa. OK, qual dos meninos você quer? Eu vou começar com o Tommy.

— Começar? — falei, rindo.

— A noite é uma criança, querida. — Ela deu de ombros de maneira dramática.

Eu começava a entender por que minha mãe e suas amigas chamavam a mãe de Sarah de piranha, um rótulo que custava muito, principalmente entre os círculos que minha mãe costumava frequentar, só com moradores de trailers. Mas, para mim, o ímpeto de Sarah era um barato. Ela era a primeira garota que eu conheci que parecia estar no controle do que fazia com seu corpo. Se ela queria uma coisa, ela conseguia. Ela era quase como um menino.

Percebi que ela estava me encarando, esperando que eu dissesse qual deles eu queria primeiro.

— Eu na verdade não conheço esses meninos — falei. — Como vou escolher?

— Boa pergunta — concordou ela. — Você pode conhecê-los dentro d'água, vai ser bem mais sexy assim. Impressionar agora e escolher depois, certo?

Assenti, dando uma risada.

— Grude em mim, Tal — disse ela, me conduzindo para fora. — Vou lhe ensinar tudo o que você precisa saber.

Eu obedeci e ela cumpriu. Pelo menos por um tempo.

Assim que o primeiro cara teve um vislumbre de nós duas nuas nos preparando para mergulhar no cais, houve uma confusão na água à medida que todos os outros nadaram ao mesmo tempo para nos encontrar. Sarah e eu demos as mãos, levantamos os braços e mergulhamos juntas na água.

Quando emergi para respirar, fiquei cara a cara com um menino louro. Eu não o havia visto antes na multidão, mas, sem uma única palavra, ele se aproximou, pôs uma mão no meu rosto e me beijou.

— Justin — disse ele. — Pode me chamar de J.B.

— Natalie — engasguei, tentando boiar. — Todos me chamam de Tal.

— Você tem um rosto lindo, Tal — disse ele. — E um corpo de matar.

Eu só tinha sido beijada duas vezes — nunca por alguém cujo nome eu nem sabia — e definitivamente ninguém nunca tinha falado assim comigo antes. Mas ali estava aquele garoto, que parecia alguns anos mais novo do que os demais — da minha idade, talvez —, agindo como se ditasse as regras do jogo.

— Que tal se eu lhe mostrar o meu barco? — perguntou ele. — Acho que você vai gostar.

Olhei para Sarah de relance, ela jogava água em um dos meninos, brincando, sua cabeça girando de um lado para o outro. Ela me viu olhando e piscou.

— Está bem — falei para Justin.

Ele pegou minha mão por debaixo d'água e nadou em direção a uma marina na qual uma fileira de lanchas reluzentes estavam ancoradas. Justin tomou impulso e saiu da água para a lateral do barco. Não consegui deixar de notar o corpo dele quando ele levantou o assento de um banco e pegou uma toalha. Ele me viu olhando e, quando abaixei a cabeça, disse:

— Está tudo bem. Pode olhar. Pretendo fazer o mesmo quando ajudar você em alguns instantes.

Eu ainda estava ruborizada quando ele me alcançou lá embaixo, segurou minhas duas mãos e me puxou para o barco. Arfei quando o ar frio tocou minha pele molhada e quando lembrei que eu estava totalmente nua e totalmente sozinha com um estranho do outro lado da cidade.

— Humm, onde está aquela outra toalha? — brincou ele, coçando o queixo.

— Ai meu Deus — falei, escondendo o que conseguia com as mãos; uma parte de mim estava aterrorizada, a outra, arrebatada. — Acho bom você me dar a sua toalha agora mesmo.

Brigamos pela única toalha até que eu escorreguei e Justin acabou caindo em cima de mim num baque surdo. Ele me beijou de novo, acariciando meu rosto com dois de seus dedos.

— Então, qual colégio você frequenta?

— Você quer mesmo conversar sobre escola? — perguntei rindo. — Agora?

— Acho que eu quero conhecer você. Sei lá. — Então foi a vez dele de ficar ruborizado. A água se agitava sob o barco, e me senti enjoada. Mas era um tipo bom de enjoo.

— Minha nossa — murmurou uma voz atrás de nós —, acho que devemos alertar o garanhão ali.

Eu me afastei, puxando sobre o meu corpo o quanto consegui da toalha. Dois dos meninos estavam parados na nossa frente, pingando e com uma expressão cruel no rosto. De repente, pareceu tudo menos tranquilo estar pelada naquele barco.

— Cara, essas meninas não estão aqui para conversar, irmãozinho — disse o mais alto. Ele se parecia com Justin, mas alguns anos mais velho. Devia ser o Tommy. — Elas estão aqui para transar e depois ir para casa.

Arfei e os três se viraram para mim.

— Awn — disse o outro garoto. Seu cabelo escuro molhado caía sobre os olhos. — A pobretona fica uma graça quando banca a inocente.

Tommy assentiu.

— O rosto dela pode enganar, mas ela não é diferente daquela Slutsky.

Olhei na direção de onde estivera com Sarah. Eu podia ouvi-la se divertindo a valer, rindo alto na água. E ali estava o cara pelo qual atravessáramos mais de trinta quilômetros chamando-a de Slutsky pelas costas.

— E daí — disse Justin. — Só estamos nos divertindo, OK?

— Vire-se, pobretona — disse Tommy olhando para mim.

— O nome dela é Tal — disse Justin.

— Eu disse vire-se, pobretona — falou Tommy ainda mais alto. — Quero conferir sua marca registrada de vagabunda.

— Quê? — perguntei.

— Toda vagabunda de Cawdor tem a mesma tatuagem de piranha logo acima do traseiro. É assim que caras como nós sabem onde mirar quando temos que...

— Vá com calma, Tommy — disse o outro cara.

— Se meu irmão quer estar com os mais velhos, ele precisa saber algumas coisas — insistiu Tommy. — Vamos ver a primeira evidência.

— Eu não tenho tatuagem — falei.

— Você está de brincadeira? — perguntou Tommy, me conferindo da cabeça aos pés. — Slutsky nos trouxe um bebezinho? Que piada.

— Bem, é só uma questão de tempo — zombou o outro, cumprimentando Tommy com o punho fechado.

Depois se virou para Justin:

— Lembre-se: essas meninas são boas em três coisas.
— Enquanto ele falava, Tommy ia levantando os dedos.
— Tirar as roupas, tomar o que você dá para elas e voltar para casa do outro lado da ponte.

Justin me olhou e sua expressão tinha mudado, como se ele me culpasse por estarmos ali, por termos de ouvir aquela "aula".

— É — disse ele, frio. — Eu sei.

— O quê? — sussurrei.

— Quando você fizer aquela tatuagem de vagabunda, me avise — disse Justin, ganhando a simpatia dos outros dois.

Fui para cima dele, sem planejar, sabendo apenas que tudo que Justin Balmer havia me dito era falso. Mas, antes que eu conseguisse alcançá-lo, Tommy segurou meus pulsos.

— Ohhhh — provocou ele. — Bebezinho ficou sensível. Não se preocupe, gracinha — piou ele, sua voz ganhando um tom condescendente. Depois ele segurou um punhado da toalha na minha cintura e puxou. — Vem cá, deixa que eu mostro como se faz.

Apavorada, meus olhos se arregalaram para Justin. Ele virou a cabeça. Antes que Tommy conseguisse tirar o resto da minha toalha, canalizei todo o medo e humilhação que estava sentindo e o empurrei.

Eu nem fiquei para vê-lo caindo. Mergulhei nua no lago, deixando a água fria escura levar minhas lágrimas. Eu me esqueci de Sarah, me esqueci das minhas roupas. Só queria nadar o caminho todo até a minha casa.

Até ser caloura em Palmetto, passei por coisas muito piores do que aquele momento congelado no cais. Meu cabelo tinha crescido, minha pele era mais resistente, eu tinha o CEP e o guarda-roupa certos e um apelido diferente para provar que meu passado havia ficado para trás.

Mas assim que vi J.B. nos corredores da escola pela primeira vez, me senti de volta à marina, completamente exposta, completamente sem valor.

Ele passou por mim no corredor, depois se virou e perguntou:

— Você me parece familiar — disse ele, estreitando os olhos. — Já nos conhecemos?

Epílogo

Em algum momento, você deve ter imaginado como terminaria a escola, algum final de conto de fadas para sua história. Você era tão facilmente conquistada por futilidades honestas. Sucumbiu tão rapidamente aos instrumentos da escuridão, mascando seu Juicy Fruit, pensando que estava no topo do mundo.

Eles passaram cerca de uma semana procurando pelo corpo de Natalie Hargrove, e Dotty Perch passou esse mesmo tempo rezando por sua alma. Ela foi de uma caixa de lenço de papel a outra, amparada por Darla e Dick no sofá da *hacienda* do lago. Dick passava os dedos por seus cabelos, fazia café descafeinado com sabor de avelã. Ele nunca poderia apagar o que acontecera à filha única de Dotty. O mal estava feito. Uma batalha ganha, outra perdida. Mas ela tinha alguém que cuidasse dela, enfim, e uma casa depois de uma vida de cobiça. Ela acabaria por encontrar a felicidade. Você também iria, se fosse ela.

Peitões era outra história. Ela fez do antigo armário de Natalie o seu próprio muro das lamentações, os dedos ásperos descascando o pôster pregado na porta vermelha de metal.

No pôster estava escrito: *Kate Richards, de criada a princesa. Conheça a mais nova estrela de Palmetto.*

A facilidade com que Kate Richards tomou o lugar deixado por Natalie Hargrove deve estar fazendo com que você pense que nossa nova estrela também terminou nos braços de um certo príncipe empossado. Mas ninguém em Palmetto vira ou ouvira falar de Mike desde o trágico acidente de Natalie. Talvez aquela passagem só de ida para fora da cidade tenha sido usada no fim das contas...

De volta a Palmetto, o policial Parker fazia uma descoberta íntima e pessoal. Enfim a polícia tinha conseguido esvaziar o armário de Justin Balmer. Lá dentro encontraram um capacete de futebol americano, meias, faixas de atleta. E uma pequena nécessaire.

Dentro da nécessaire estavam algumas fotos.

De Natalie Hargrove.

Natalie servindo limonada no primeiro ano numa festa para arrecadação de dinheiro.

Natalie no mastro da bandeira virando a cabeça para trás numa risada, o sol fazendo seus cabelos pretos e longos brilharem.

Natalie num vestido lilás cravejado de pedras brilhando sob a luz de um globo de neve no baile de inverno do ano anterior.

E muito mais. Fotos de Natalie ao longo dos quatro anos que eles frequentaram a escola Palmetto.

Provas de que havia mais sobre J.B. do que qualquer um sabia, verdades enterradas atrás de seus olhos verde-esmeralda. Provas de que as coisas nem sempre são como pensamos que são.

Um dia, você pensou que podia ser quem quisesse. Que podia fazer com que o cara certo se apaixonasse por você e a resgatasse do seu próprio destino. Que você poderia ser mais esperta do que todos, deixando seu passado para trás de uma vez por todas.
Como você trabalhou para ter o que queria.
Como o destino a traiu com crueldade no fim.

Este livro foi composto na tipologia Minion
Pro Regular, em corpo 12/16, e impresso em
papel off-white no Sistema Cameron da
Divisão Gráfica da Distribuidora Record.